Daniel Bendix
Hotel Castoria

Daniel Bendix

Hotel Castoria

Roman

KLAK

Bekomme nur noch Antenne Brandenburg rein. Die Straße wird enger. Links auf der Wiese stehen zwei große graue Vögel. Der Wald ist gesäumt von Hochsitzen. Hinter der Kurve das gelbe Ortsschild. An der Dorfeinfahrt sitzt ein alter Mann. Er hebt die Hand zum Gruß und stupst den Rollstuhl mit seinem einzigen Bein vorwärts.

Ich halte auf dem Parkplatz neben dem, was wie das Verwaltungsgebäude aussieht. Auf Google Streetview hatte es weniger plattenbaumäßig gewirkt. Aus dem überdachten Eingang tritt eine lächelnde Frau hervor. Ich erkenne sie sofort, auch wenn ich sie nur einmal bei meinem Online-Bewerbungsgespräch gesehen hatte. Thekla Nehrling. Sie begrüßt mich überschwänglich – als sei ich fleischgewordener Gott.

Sie wolle mir erstmal meine Wohnung zeigen. Die sei gleich um die Ecke. Und es sei hier üblich, dass man sich duze. Nur dass ich mich nicht wundere. Während wir nebeneinander hergehen, versucht sie mir direkt ins Gesicht zu gucken. Ich habe das Gefühl, ich könnte jederzeit in sie reinstolpern.

Wir durchqueren eine Grünanlage. Eine Frau am Rollator kommt uns entgegen und hält, kurz bevor wir auf ihrer Höhe sind, an:

„Gott segne euch!"

Thekla führt mich ins Souterrain des Mensagebäudes, 1-Zimmer-Wohnung mit Kochnische.

KW40
Ein Laubbläser vor meinem Apartment weckt mich. Mein erster Arbeitstag an der Edenistischen Universität Edenred.

Die Morgensonne dringt vehement durch die Bäume vor meinem Fenster. Wenn das hier immer so ist, glaube ich vielleicht auch bald an Gott.

Im Keller des Verwaltungsgebäudes gibt es einen Kraftraum. Thekla erklärt mir, dass alle Universitätsangehörigen den nutzen dürften. Er sei aber kostenpflichtig.

Ein junger Mann grüßt mich vom Laufband und stellt sich atemlos vor. Ich erfahre, dass er der örtliche Pfarrer im Praktikum ist. Er stellt mir seine Verlobte an den Gewichten vor. Die studiere hier Internationale Beziehungen – und komme aus Indonesien. Sie zeigt uns, dass sie 30 Kilo reißen kann.

Thekla hat mir erzählt, dass es für Edenred mehrere Facebook-Gruppen gebe. Da solle ich schon rein, wenn ich was mitbekommen möchte.

Hab versucht, meinen Facebook-Account zu reaktivieren. Es klappt nicht, ich muss ein neues Konto eröffnen. Nur akzeptiert Facebook auf Teufel komm raus kein einziges meiner Portraitfotos. Probiere dann alles Mögliche – von Kermit dem Frosch bis zu Austernseitlingen.

Jeden Freitagmorgen lädt die Gemeinde Edenred zur „Andacht im Schatten des Kreuzes". Heute ist das Thema „Warum ich Jesus mag".

Facebook gibt sich jetzt auf einmal mit Michael Ballack zufrieden.

Hab einen Spaziergang gemacht, den Uferweg der Else entlang. Die ganze Zeit über Gekreische, aber konnte den Urheber nicht entdecken. Irgendwann zeigten sich Vogelformationen durch die Baumwipfel hindurch. Hat mich an die Düsenjäger bei meinem Onkel in Delmenhorst erinnert. Auch von der Lautstärke. Aber vor allem, dass man nie weiß, aus welcher Richtung die jetzt kommen.

Es gibt so gut wie keinen Handyempfang und kein Telefon in meinem Apartment. Mal gucken, wann auch ich Zugunruhe verspüre.

KW41

Thekla erzählt, dass sie jeden Morgen bis auf Sonntag eine halbe Stunde joggen gehe. Immer zu Sonnenaufgang. Die Else runter bis zur Brücke, dort ein paar Dehnübungen und dann durch den Kiefernhain über das Feld und den Waldweg zurück nach Edenred. Ihr Mann habe ihr zum letzten Hochzeitstag eine Laufuhr geschenkt. Die habe GPS und messe den Puls.

Laufe abends den Weg von Thekla ab. An der Else entlang, bis sie den Bogen nach Norden macht, um Edenred zu umkreisen. Vor der Brücke in Richtung des Nachbarorts Elstal öffnet sich der das Ufer säumende Laubwald. Die Sonne geht genau über der Handvoll Häuser von Elstal unter. Ein Hase bemerkt mich und hoppelt ein paar Schritte, bevor er rechts zwischen den Bäumen verschwindet.

Finde Thekla in der Facebook-Gruppe „Garten Edenred". Sie hat als Profilbild einen Judenstern. Darunter als Motto „Je suis Halle". Lese nach, worum es da geht. Hatte den Anschlag gar nicht mitbekommen.

Im Flur zum Kraftraum gibt es einen Mineralwasserspender, der anzeigt, wie viel CO^2 ich spare. Je mehr ich trinke, desto größer meine Ersparnis.

In Edenred gibt es keine Einkaufsmöglichkeit, lediglich einen Automaten mit Snacks vor dem Verwaltungsgebäude.

Fahre 15 Kilometer in den Nachbarort und decke mich mit Haltbarem ein.

Auf dem Rückweg von einem frühabendlichen Spaziergang die Landstraße entlang halte ich an der Wiese kurz vor Edenred. Steige auf den Hochsitz. Aus der linken Luke sehe ich einen riesigen Vogel kreisen. Aus der rechten kurz darauf zwei Jugendliche, die sich dem Hochsitz nähern.

Als sie mich entdecken, halten sie inne. Ich mache die Tür auf und rufe: „Ich wollte grad eh runter. Ihr habt freie Bahn." Sie drehen ab, stoppen dann aber und scheinen sich eines Besseren zu besinnen. Ich steige runter und bewege mich in ihre Richtung. Der eine ist der angehende Pfarrer aus dem Kraftraum.

„Toller Ort, echt schön. Sieht man hier manchmal Rehe oder so was?"

„Wir bis jetzt noch nicht, aber der Jäger kommt manchmal. Es muss also welche geben."

Gestern und heute im Büro auf der anderen Seite des Orts, auch nur fünf Minuten zu Fuß. Die ganze Zeit niemandem begegnet. Ich muss ganz schön viele Seminare vorbereiten. Zwölf Semesterwochenstunden machen mir Angst, dreimal so viel wie vorher in Tübingen.

Nachmittags dann am Sportplatz vorbei und die Leute haben mich einfach angequatscht, ob ich mit Fußball spielen wolle. Bin schnell in mein Apartment und hab meine alten Fußballschuhe geholt. Hat dann total Spaß gemacht. War erst super happy, dass ich tatsächlich die seit einem Jahrzehnt nicht benutzten Schuhe mitgebracht hatte. Nur haben sich die Sohlen gen Ende des Spiels einfach aufgelöst.

Drei der Spieler haben sich in der Trinkpause als meine Studenten herausgestellt. Fußballspielen können die schon mal nicht so gut ... Sie müssen sich ziemlich wundern, in was für einem Kaff sie hier gelandet sind. Der eine war aus Togo, der andere aus Mexiko. Und ich meine, der dritte aus Bangladesch.

KW42
Nach dem Fußball war noch die Begrüßungsveranstaltung für die neu Angekommenen. Mit sauren Beinen und frisch geduscht und rasiert bin ich erst mal am Eingang stehen geblieben. Die Mensa war in schummriges Licht gehüllt. Das sollte wohl besinnlich wirken, machte aber eher Dorfkneipenatmosphäre. Thekla kam auf mich zu und zeigte mir den für mich vorgesehenen Tisch. Der Studiengangsleiter Internationale Beziehungen begrüßte die neuen Studierenden und stellte mich als den neuen Dozenten vor. Man heiße mich willkommen und wolle für mich beten.

Die Gespräche an meinem Tisch ließen sich schwerfällig an. Der deutsche Student links neben mir fragte mich, was ich denn forschen würde. US-Amerikanische Chinapolitik und transatlantische Beziehungen schienen ihn aber nicht sonderlich zu interessieren. Ich hörte dann meinem Tischnachbarn aus Haiti zu. Der erzählte der burundischen Vierten am Tisch von der Haitianischen Revolution, über die man in Europa nichts wisse. Dabei sei die viel progressiver gewesen als die Französische, habe niemanden ausgeschlossen. Dann regte er sich darüber auf, dass Frankreich von Haiti für deren Unabhängigkeit Reparationen gefordert habe. Und dass Haiti bis heute vom Westen ausgebeutet werde. Seine Gesprächspartnerin warf ein, dass ein König in Burundi den deutschen Kolonisatoren 300 Kühe für seinen Widerstand habe zahlen müssen.

Dann gab es eine Musikeinlage. Eindrucksvolle Gestalt am Mikrofon, ein großer schlanker Mann in buntem Hemd und mit rechteckigem Afro – wie ein Haus mit Flachdach. Stille im Saal, er schien nicht nur mich mit seiner Stimme zu verzaubern. Mit der sollte er unbedingt Pfarrer werden. Den Rest des Abends beobachtete ich ihn, wie er gebannt auf sein Handy starrte. Als ich mir noch ein Glas Fanta am Buffet holen ging, konnte ich im Vorbeigehen sehen, dass der Sänger Aufnahmen seines eigenen Auftritts anschaute.

Gerade hatte ich mein erstes Seminar, zu Geschichte internationaler Wirtschaftsbeziehungen. Der Sänger tauchte im Unterricht auf. Er heißt Godgiven.

Wir haben über die Vorläufer heutiger Globalisierung gebrainstormt. Godgiven ist der Ansicht, dass die versklavten Afrikaner ihrer Versklavung zugestimmt hätten, man könne nicht einfach jemand gegen seinen Willen versklaven. Er bekam ordentlich Kontra von den anderen Studenten.

Zweites Seminar, Krieg und Frieden global – den Seminarplan habe ich von Thekla komplett übernehmen können. Ich mag die Studenten. Die haben Humor, und Spaß am Diskutieren. Sprechen mich immer sehr förmlich an. Doktor Marko. Dabei sind manche sicherlich in meinem Alter. In der Vorstellungsrunde wurde auch klar, dass einige mehr Arbeitserfahrung als ich haben. Sie waren vorher jahrelang Lehrer oder irgendwas mit Business. Und sind extra für das Studium der Internationalen Beziehungen nach Edenred gekommen.

Godgiven verwendet das Wort „really", mit hartem ungerollten „r". Total der Ohrwurm. Frage mich gerade auch sofort „really?", sagt er „really" immer „really"?

Heute habe ich mein drittes und letztes vierstündiges Seminar der Woche, Methoden zur Analyse internationaler Beziehungen. Zum Kennenlernen bitte ich alle von ihrer Reise nach Edenred zu erzählen. Godgiven, der schon im zweiten Semester ist, genießt die Bühne: „Ganz ehrlich? Erstmal dachte ich, ich würde verhungern. Hätte ich mal auf meine Frau gehört und was Richtiges zu Essen mitgenommen. Und auf dem zweiten Flug von Äthiopien nach Deutschland bekam ich die Schauergeschichten von meinem Großvater nicht aus dem Kopf – Gott habe ihn selig. Der hat mir immer erzählt, dass ich mich vor Weißen in Acht nehmen soll. Die würden Afrikaner essen. Und dann in diesem Flugzeug voll von Weißen. Neben mir saß eine, die hat so nach gegorener Milch gerochen. Und wie betrunken die war."

Gehe mittags mit Thekla in die Mensa. Godgiven fragt, ob er sich dazusetzen könne. Dann gesellt sich auch noch eine Aisha zu uns. Thekla stellt sie mir vor. Aisha komme aus Kenia und sei Wissenschaftliche Mitarbeiterin bei ihr, also am Lehrstuhl für Interkulturelles Friedens- und Konfliktmanagement. Aisha lebe mit ihrem Mann in Edenred. Der sei Augenarzt. In Deutschland dürfe er aber nicht praktizieren. Noch nicht.

Ich unterbreche Theklas Monolog, indem ich Aisha frage, wie sich ihr Mann denn die Zeit in Edenred vertreibe. So viel gebe es ja hier nicht zu tun. Aisha erklärt, dass er sich immer wieder kleine Jobs suche – und ansonsten Deutsch lerne. Zurzeit jobbe er in der Nähe der Schweizer Grenze. Als Statist in einer US-Militärbasis. 10 Euro die Stunde dafür, dass er für die Ausbildung von Soldaten Zivilist spiele. Die würden anschließend in den Krieg geschickt.

Godgiven sagt „really?" – er drückt damit gleichzeitig Zustimmung und Ungläubigkeit aus –, und erzählt, dass sein Cousin bei der britischen Armee gewesen und im Irak eingesetzt worden sei. Der habe das gemacht, um die britische Staatsangehörigkeit zu bekommen. Er selbst habe sich das auch überlegt. Das sei eigentlich eine Win-Win-Situation, denn England finde nicht genug Einheimische für den Job. Dann hätte er aber gesehen, was das mit seinem Cousin gemacht habe. Der sei nicht mehr derselbe gewesen.

„Vom Hosianna zum Kreuzige ihn." Gehe zwar wieder nicht zur Andacht im Schatten des Kreuzes, aber von diesem Hosianna meine ich im Konfirmandenunterreicht gehört zu haben. Allerdings hatten wir davor immer gekifft, meine Erinnerungen sind eher schwammig.

KW43

Trete morgens ans Büro von Thekla, mit meiner leeren Tasse. Sie hat immer Schwarztee auf einem Stövchen stehen, in der Regel schwach und seltsam bitter. Ich halte inne, sehe, dass sie nicht allein ist. Aisha ist bei ihr und scheint sie zu trösten. Ich meine so etwas wie „ach, du Arme" zu hören.

Mittags gehe ich nochmal zu Thekla. Erfahre, dass ihr Sohn sich dagegen entschieden hat, sich nach der Ausbildungszeit auf die freiwerdende Pfarrstelle in Edenred zu bewerben. Er habe lange mit sich gerungen; aber dann sei gestern plötzlich sein Wellensittich verstorben und das habe er als Zeichen interpretiert. Sie bietet mir Weingummis an. Eine der Sachen, die man im Automaten am Parkplatz bekommt. Thekla meint, dass Süßigkeiten ihr in Momenten, in denen die Endlichkeit allen Seins so offensichtlich werde, Halt gäben – und Gott natürlich.

Ich muss Hausaufgaben korrigieren. Alle sollten für Geschichte internationaler Wirtschaftsbeziehungen Literatur zu einem Thema ihrer Wahl suchen und die Zitationsweise für Literaturverzeichnisse üben. Das Wetter ist wunderbar, fast sommerlich. Ich laufe mit dem Stapel Zettel über die Landstraße zur Wiese mit dem Hochsitz. Der Jungpfarrer und sein Freund steigen gerade herab. Wir grüßen uns. Kann mir kaum vorstellen, dass Theklas Sohn hier Predigten vorbereitet. Aber es riecht zumindest nicht verraucht. Nur ein frischer Schriftzug am Gebälk: „Elwin Redson ist vom Papst beeinflusst."

Beim Rückweg sehe ich aus dem Augenwinkel, wie etwas aus einem Fenster des Hauptgebäudes fliegt und auf dem Boden landet. Gehe hin, ein kleiner Vogel. Wohl gegen das Fenster geknallt und davon abgeprallt. Er liegt starr auf dem Rücken und zittert noch einmal kurz auf, als ich nähertrete. Muss an Thekla und den Verlust ihres Sohns denken. Überlege kurz, ob ich zu ihr gehen soll.

Aisha winkt mich in der Mensa zu sich an den Tisch. Wir essen erstmal, schweigend. Jetzt bestätigt sich, was ich letzte Woche noch nicht mit absoluter Gewissheit sagen konnte: Aisha schmatzt tatsächlich – dezent, aber es ist eindeutig Schmatzen. Passt nicht so recht zu ihrer sonst so adretten Art, dem unbarmherzig zum Zopf glattgezogenen Haar und der randlosen Gleitsichtbrille.

Sie fahre diesen Sonntag wie fast jede Woche mit ihrem Mann nach Berlin. Dort spiele er Orgel in einer afrikanisch dominierten edenistischen Gemeinde und bekomme dafür etwas Geld. Bevor sie über Kirchen-Connections die Stelle in Edenred gefunden habe, sei sie in der Heimat ihres Mannes in Ghana für ein Sub-Unternehmen von Lindt tätig gewesen. Sie hätte die Aufgabe gehabt, Kakao-Kleinbauern zu betreuen und dafür zu sorgen, dass die zur richtigen Zeit die richtige Menge Düngemittel und Pestizide verwendeten.

Letztens sei sie schon samstags nach Berlin gefahren. Einer aus der Kirchengemeinde habe ihr die Stadt zeigen wollen. Da seien sie auch im KaDeWe gewesen und sie habe gesehen, was Lindt-Schokolade hier koste. Sooo eine kleine Tafel! Und die 50kg-Säcke in Ghana gebe man für einen Apfel und ein Ei her.

Ich habe sie gefragt, was sie dazu bewogen habe, nach Edenred zu kommen. Nahrungsmittelindustrie und Interkulturelles Konfliktmanagement seien doch sehr unterschiedliche Betätigungsfelder.

„Gott kann man auf verschiedene Weisen dienen." Sie habe aber, bevor sie ihren Mann bei einem Kirchenaustausch kennen gelernt habe, in Kenia Internationale Beziehungen studiert. Aus der Zeit kenne sie auch Thekla. Die habe dort an der Universität gelehrt und ihr als Bachelor-Studentin den Blick für die interkulturelle Dimension des Konfliktmanagements eröffnet. Und so sei sie hier im Garten Edenred gelandet – dabei prustet sie einmal hörbar durch die Nase und verzieht ihr Gesicht zu einem leichten Grinsen.

In meinem Büro steht ein nigelnagelneuer Acer auf dem Schreibtisch. Ich bin gleich zur IT-Zentrale, einem Flachbau direkt an der Else. Ich klopfe an, keine Reaktion. Drücke die Klinke runter, aber es ist abgeschlossen. Bin mir aber sicher, Tastaturgeklapper zu hören. Klopfe nochmal. Nichts.

Gehe zurück in mein Büro und rufe an. Nachdem ich der automatischen Bedarfsabfrage bis zu Ende gelauscht hatte, habe ich mich für die Tastenkombination 14 entschieden („Hardware-bezogene Serviceanliegen").

„IT-Zentrale hier. Worum geht es?"

Ich stelle mich vor und erkundige mich, warum man mir nun doch nicht den Laptop, den ich ausdrücklich erbeten hatte, besorgt habe:

„Nein. Wir hatten dir – hier ist es ja üblich, sich zu duzen; wir halten davon allerdings nichts. Also, wir hatten Dir eine entsprechende E-Mail an Deine Privatadresse geschrieben."

Bevor ich dementieren kann:

„Es kann natürlich sein, dass Du die nicht bekommen hast. E-Mails sind wie Postkarten oder Briefe. Es gibt keine Garantie, dass sie ankommen – wenn sie über Server laufen, die nicht in unserem Einflussbereich liegen."

Nutze die Gelegenheit – als ich mir einen Tee bei ihr hole –, Thekla zu fragen, was es mit diesem Elwin Redson und der Hochsitzbotschaft auf sich habe. Soweit ich ihr folgen konnte, ist Elwin Redson Australier und der Chefmeister des weltweiten Edenismus. Den ersten Vorsitzenden einer evangelischen Freikirche als von Katholiken beeinflusst zu bezeichnen, sei natürlich schon Affront genug. Zudem werde Redson vorgeworfen, päpstlich zu agieren und nicht im 21. Jahrhundert anzukommen. Dem könne sie letztlich zustimmen.

Bekomme eine E-Mail, die sich an alle Angehörigen edenistischer Einrichtungen weltweit richtet. Wir sind aufgefordert, an einer Umfrage zum Thema des Monats, „Versuchung", teilzunehmen:

1. Machen Dir Versuchungen Angst?

2. „… und führe uns nicht in Versuchung…". Passt dieser Wunsch zu Deinem Gottesbild?

3. Vertraust Du darauf, dass Jesus Christus alles tut, um Deine Beziehung zu Gott zu festigen?

Wenn das ein Student von mir als Fragebogen im Methodenseminar eingereicht hätte, hätten wir schön über das Für und Wider von Suggestivfragen diskutieren können.

Willkommensparty, von den alten für die neuen Studis, in der Mensa. Es gibt ein Buffet mit Reis in allen erdenklichen Varianten. Zum Beispiel als kalter Salat mit Wurststückchen und Mais drin. Dazu werden dutzende Preise verliehen, für dies und das. Und immer wird jemand aufgerufen, den Preis zu präsentieren und aus dem Stehgreif ein paar Worte über die Preisträger zu verlieren. Ziemlich lustig. Als Thekla an der Reihe ist, raunt es hinter mir „The Claaaw ..., The Claaaw ...".

Dann Partyspielchen. Ich fange an, mich intensiv mit einer Studentin aus Ruanda zu unterhalten – um nicht in die Spiele reingezogen zu werden. Sie habe schon dreimal in ihrem Leben fliehen und neu starten müssen. Von Ruanda nach Tansania, von Tansania in den Kongo und dann vom Kongo nach Uganda. Der Umzug nach Edenred sei der erste freiwillige in ihrem Leben. Irgendwann können wir uns nicht mehr gut verstehen, weil ein Gekreische den Raum erfüllt – Reise nach Jerusalem.

Ich tue so, als bekäme ich einen Anruf und nicke Aisha und Godgiven beim Rausgehen zu. Höre hinter mir, wie Godgiven „Aisha, Aisha, écoute-moi" säuselt.

KW44

Am Donnerstag ist nach der Studiengangssitzung ein kleines Get-Together geplant.

Betreff: Nächste SGS mit Happy End
Liebe Kolleginnen und Kollegen,
hier ist der Status Quo:
T. Kartoffelsalat
B. Nudelsalat
G. Baguette, Knoblauchbutter, Kräuterbutter
J. Vegetarische Spieße
M. Maiskolben (gekocht)
A. Würstchen (Geflügel)
H. Altgriechischer Bauernsalat
Die, die sich noch nicht für einen Beitrag entschieden haben, bitte ich Lücken (Nachspeise?!) zu füllen.
Herzliche Grüße und Gott mit euch,
Thekla

Ich (Maiskolben) frage Thekla (Kartoffelsalat), warum bei den Würstchen (Aisha) extra Geflügel dahintersteht.

Ob ich nicht wisse, dass Edenisten kein Schweinefleisch essen. Übrigens auch kein Rind. Also eigentlich gar keine Säugetiere.

Heute Morgen war ich noch vor der Arbeit in Ziesang. Das ist der nächstgelegene Ort mit Einkaufsmöglichkeiten. Auf dem Weg dorthin fährt man an einem riesigen Gefängnis vorbei. Bei der Rückkehr nach Edenred sitzt ein Hase am Dorfeingang. Denke ich zumindest, denn der ist riesig, eher Richtung Reh als Kaninchen. Ich halte auf seiner Höhe an. Er lässt sich überhaupt nicht stören. Als gehe er davon aus, dass er als Säugetier hier sicher sei.

Nach dem Unterricht erzählt mir Godgiven, dass er heute Morgen auch in Ziesang gewesen sei, mit den ganzen anderen Studenten. Sie hätten einen Termin bei der Ausländerbehörde gehabt. Und seien dann noch bei Netto einkaufen gewesen.

Als sie an der Haltestelle auf den Bus zurück gewartet hätten, sei ihnen von jungen Männern aus einem Auto heraus zugerufen worden. Sie hätten es nicht verstanden, es habe aber alles andere als nett geklungen.

Das Get-Together nach der Studiengangssitzung ist klasse. Probiere von allem.

Danach muss ich mich hinlegen.

Vögel kreischen über mir, Mittagsschlaf will sich nicht einstellen.

Meine erste Gehaltsabrechnung im Briefkasten. Dazu ein kleines Büchlein, mit D-Mark-Scheinen auf dem Cover: „Geld verdienen – ausgeben – sparen. Ein kleiner Leitfaden für Christen."

Da steht u.a. drin, dass die Zöllner zwar „Knechte der römischen Besatzungsmacht" waren und „zur Unterdrückung ihres Volkes beigetragen haben", dabei aber nur ihrer Arbeit nachgegangen seien: „Gott lenkt die Weltgeschichte, die Obrigkeit ist von ihm eingesetzt."

KW45

Im Kraftraum Thekla getroffen. Sie erzählt von ihrem Sohn und dessen anstehender Hochzeit. Sie kommt nochmal auf den Tod des Wellensittichs zurück und dass ihr Sohn seitdem nicht mehr der Gleiche sei. Sie hoffe, dass der bevorstehende neue Lebensabschnitt ihm guttun werde.

Auf dem Weg zurück zu meiner Wohnung sehe ich durchs Fenster des StudClubs, wie ein paar Studenten über Beamer Counter-Strike spielen.

Thekla klopft bei mir: Es gebe frischen Tee. Wie der dann immer abgestanden schmecken kann, egal wie schnell ich zu ihr rübergehe, ist mir ein Rätsel. Thekla nimmt es mit dem edenistischen Gebot, keine Stimulantien zu sich zu nehmen, nicht so ernst. Meiner Kurzrecherche nach hat ein Vordenker des Edenismus insbesondere vor Schwarztee ausdrücklich gewarnt: „Ist der Anfang einmal gemacht, steigt das Bedürfnis nach Stimulanzien stetig an, bis schließlich die Natur ausgelaugt und die Willenskraft gänzlich erschlafft ist."

Frage mich, ob Thekla den Tee vielleicht unbewusst immer etwas verkorkst, damit er wenigstens nicht auch noch lecker schmeckt.

Fülle meine Flasche am Mineralwasserspender auf. Auf dem Stuhl daneben sitzt ein Mann. Wie aus dem Ei gepellt, mit Krawatte und allem. Ich frage ihn, ob es einen besonderen Anlass gebe.

Er habe gerade seine erste Predigt in Edenred gehalten. Es sei gut gelaufen.

Erfahre, dass er der ghanaische Mann von Aisha ist. Ich dachte, er sei Arzt?

Ja, aber in der Edenistischen Kirche könne man auch als Laie predigen. Das habe er in Ghana auch schon gemacht. Und vorher habe er auch ein Jahr als Missionar gearbeitet, in Südkorea. Frage ihn, wie das ablaufe. Er erklärt, dass man da offiziell gar nicht missionieren dürfe. Sie hätten das dann so gemacht: Englischunterricht geben und darüber Freundschaften knüpfen. Den so gewonnenen Freunden habe man dann von Jesus erzählt.

Beim Treppenerklimmen im Bürogebäude ertappe ich mich, wie ich ein Kirchenlied summe. Abends schon wieder: „Lobet den Herrn, denn er ist sehr freundlich."

KW46
Samstag war Tag des Mauerfalls. Vor dem Verwaltungsgebäude weht eine Deutschlandflagge, dazu noch Europa, Brandenburg und eine mit dem Symbol der Edenisten – ein Buch mit einer Kerze drauf. Nicht sehr originell.

Schreibe der IT-Zentrale, dass ich mich mit meinem Skype-Benutzernamen nicht in das auf meinem PC vorinstallierte Skype einloggen könne. Die Antwort folgt prompt:

Hallo Marko,

wir setzen zunächst voraus, dass Du weißt, dass es sich bei Skype um eine Videochat-App von Microsoft handelt. Dabei ist Folgendes zu beachten: Microsoft bietet eine kostenlose Skype-App und eine Skype for Business-App an. Das sind zwei völlig unterschiedliche Produkte. Skype for Business ist kostenpflichtig und wird von der Universität nicht supportet!

Der Installation des Feld-Wald-und-Wiesen-Skype auf Dienstcomputern haben wir mittlerweile einen Riegel vorgeschoben. Es wird allerdings leider weiter von einigen Unbelehrbaren privat im Universitätsnetz verwendet. Dieser universitätsinterne Gebrauch geschieht widerrechtlich (d.h. es muss korrekterweise von Missbrauch gesprochen werden).

Auf deinem Arbeitsgerät ist Microsoft Office 2019 (als 32-bit Version) und damit auch Skype for Business standardmäßig vorinstalliert und kann nicht deinstalliert werden. Die Installation einer Applikation heißt allerding nicht, dass diese auch verwendet werden muss. Da hat der gesunde Menschenverstand zu greifen. Wenn bei einem Buffet auch Servietten beiliegen, essen wir diese in der Regel ja auch nicht mit. Datenschutzrechtlich ist Skype in beiden Ausführungen übrigens eine Katastrophe. Ein Blick in die AGBen für Skype (und Skype for Business) sollte reichen, um ein für alle Mal davon geheilt zu sein.

Fazit: Lass die Finger von Skype for Business auf deinem Dienstrechner. Auch privat raten wir dringend von Skype-Nutzung ab. Zumal uns bekannt ist, dass Du auch regelmäßig mit deinem Privatrechner das Universitätsnetz nutzt.

MFG

IT-Zentrale

KW47

Montag nach dem Mittagessen ging es im Seminar Geschichte internationaler Wirtschaftsbeziehungen um „Kolonialismus". Alle schauten mich aus komatösen Augen an. Mir ging's auch nicht besser. Gottseidank ist mir eine Teein-Substitutions-Frage eingefallen: „Wenn ihr euch entscheiden müsstet: Würdet ihr lieber von China, von Ghana oder von Nigeria kolonisiert werden?" Alle aus Ghana meinten China, alle aus Nigeria meinten auch China. Einige standen dabei sogar auf vor Erregung. Der Rest konnte sich vor Kichern kaum einkriegen. Dann haben wir über Sinn und Unsinn afrikanischer Wirtschaftsgemeinschaften diskutiert.

Dienstag dann um 8:30 „Krieg und Frieden global". Es gab zwei kurze Comics zu lesen, die ich den Studis geschickt hatte, zu Gewalt bei Hannah Arendt und Giorgio Agamben. Ich sehe kein Papier auf den Tischen. Dafür 15 Handys und 3 Laptops. Nach langem Bohren rücken sie mit der Sprache raus: Es sei für sie einfach zu teuer, die Texte auszudrucken.

Thekla erzählt mir von Spannungen in der Edenistischen Kirche. Es gehe darum, wie Entscheidungen getroffen würden, und insbesondere um die Frage, ob Frauen zu edenistischen Pfarrerinnen ernannt werden könnten. Der Oberedenist aus Australien wolle alles schön hierarchisch haben und die Präsidenten der zahlenstärksten Sektionen aus Bangladesch und Kenia seien auch dafür. Die aus Europa hingegen würden ihr eigenes Ding machen wollen. Zu dem Konflikt habe es kürzlich einen die weltweiten Edenisten zusammenbringenden Kongress gegeben. Zu dem Anlass hätten die Konservativen dazu aufgerufen, sich im Namen von keiner Veränderung Bärte wachsen zu lassen. Ein paar Freaks hätten sich wohl halbe Bärte stehen lassen – also nur auf einer Seite –, um ihrem Wunsch nach Einheit Ausdruck zu verleihen. Was Frauen bzw. die mit wenig Bartwuchs gemacht haben, hat sie nicht erzählt.

Ich habe bei meiner ersten Studiengangssitzung einen Platz im Wirtschaftsausschuss der Universität – kurz WisAu – anvertraut bekommen. Ich bekomme zwar in meinem Seminar zur Geschichte internationaler Wirtschaftsbeziehungen nochmal vor Augen geführt, dass Zahlen nicht wirklich meine Stärke sind, aber jeder müsse Aufgaben in der Selbstverwaltung übernehmen. Mir wurde versichert, dass es selten um Budgets gehe, sondern um alle möglichen Entscheidungen, die was mit Verwaltung und Technik zu tun hätten.

Heute wird ein Antrag von Thekla besprochen: „Der WisAu möge beschließen, dass alle Universitätsangehörigen angehalten sind, in ihrem Schriftverkehr gendersensible Schreibweise zu verwenden."

Es macht sich Unmut unter den Anwesenden breit.

„Was soll das denn jetzt?"

„Also ich finde nicht, dass wir über jedes Stöckchen springen müssen."

Der Ausschussleiter – ein betagter Theologieprofessor – kürzt das allgemeine Gebrumme und Augenrollen ab, denn da gebe es seiner Meinung nach gar nichts zu diskutieren. Der Großteil der Mitarbeiter – und Mitarbeiterinnen – würde eh schon geschlechtergerecht sprechen. Es gehe gar nicht um Sternchen, Unterstrich oder was die sich in Berlin sonst noch so einfallen lassen, denn die Kirche mache den Gender-Wahn gottseidank nicht mit. Er verweist auf die Stellungnahme der Edenistischen Kirche zum Thema „Transgenderismus". Die habe er sich vor der Sitzung nochmal kurz durchgelesen. Er interpretiere die Kirchenposition so, dass sich das Gendersternchen samt Transgenderismus in naher Zukunft erledigt haben werde. Mit Eintritt in den Garten Eden würden alle Gläubigen und somit auch – und insbesondere –

Transgender-Personen wieder völlig hergestellt werden zu Gottes Ideal.

Wir stimmen dem Antrag einstimmig in leicht veränderter Formulierung zu: Es stünde im Ermessen jedes Einzelnen bzw. jeder Einzelnen, was er oder sie als geschlechtergerechte Sprache empfinde. Dieser Empfindung möge in schriftlicher Kommunikation Ausdruck verliehen werden.

KW48

Godgiven hat mir erst heute seine Hausaufgabe geschickt. Eigentlich hätte er die Textzusammenfassung für das Wirtschaftsbeziehungenseminar schon letzte Woche abgeben müssen. Er schreibt „bitte sei so freundlich, mir zu vergeben", er habe die Hausaufgabe nicht schicken können, da sein E-Mail-Konto nicht mehr funktioniert habe.

Ich weiß, dass man das eigentlich nicht tut, aber in den Dokumenteneigenschaften steht, dass die Datei heute um 9:29 erstellt wurde, zuletzt geändert von „Gott steht mir bei" um 11:39. Ich teile ihm mit, dass eine Entschuldigung nach Verstreichen der Frist nicht viel wert sei und er mir die Hausaufgabe auch ausgedruckt hätte geben können – zumal wir uns Dienstag sogar in Krieg und Frieden global gesehen hätten. Ich bitte um Verständnis, dass ich ihm wegen verspäteten Einreichens Punkte abziehen müsse. Das sei nicht persönlich gemeint, ich ginge nur meiner Arbeit nach.

Gestern hat ab Mittag die E-Mail-Zustellung an der Universität nicht mehr funktioniert. Die IT-Zentrale meldet sich:

Sehr geehrte Kolleg*in_en/en,

richtig ist, dass seit gestern Mittag einige von Universitätsangehörigen versendete E-Mails nicht zeitnah bei den anvisierten Empfängern ankamen. Falsch ist, dafür die IT-Zentrale in Haftung zu nehmen. Ursächlich für das zu beobachtende Auseinanderklaffen von Wahrnehmung und Realität ist ein umfassendes Unverständnis des globalen E-Mail-Systems. Insofern ist es angebracht, die Funktionsweise von E-Mail in gebotener Kürze zu erläutern:

- *Beim Versenden einer E-Mail wird diese von Server zu Server weitergeleitet, bis sie beim Mailserver des Empfängers ankommt.*
- *Die Mailserver oder MTA (Mail Transport Agent) kommunizieren untereinander über das SMTP-Protokoll, man nennt sie daher SMTP-Server oder auch PAS (Postausgangsserver).*
- *Der MTA-Server des Empfängers (bzw. der Empfängerin) liefert die Nachricht beim PES (Posteingangsserver) oder MDA (Mail Delivery Agent) ab. Der MDA speichert die Mail und wartet darauf, dass der User sie abruft.*
- *MTA sind quasi die Briefträger, die die Post sortieren und ausliefern, und die MDA sind die Briefkästen, in denen die Nachrichten gelagert werden, bis sie von den Empfängern bzw. Empfängerinnen abgeholt werden.*
- *Wie ein analoger Brief nimmt auch die digitale Nachricht nicht immer den kürzesten Weg zum Ziel. Das hängt bei der Briefpost mit dem Standort des Postzentrums zusammen. Bei der E-Mail kommt es darauf an, wie die Kabel verlegt sind, wo Knotenpunkte zu anderen Netzen sind und welche Server wo stehen.*

Fazit: Wenn man eine Postkarte in den Briefkasten vor dem Verwaltungsgebäude wirft und dann erfährt, dass sie auch nach einer Woche noch nicht bei

Tante Frieda angekommen ist, macht man sich im Normalfall auch nicht auf den Weg zu ebenjenem Briefkasten, um ihm die Leviten zu lesen.

Unterschied: Bei der Post kann ich mich beschweren, beim weltweiten Internet nicht.

Anmerkung: E-Mails sind solange Postkarten und somit auf ihrem Weg für jedermann einsehbar wie sie nicht verschlüsselt sind. Erst durch eine Verschlüsselung werden sie zu Briefen.

MFG

IT-Zentrale

Heute in der Studiengangssitzung wurde ich offiziell zur Lehrkraft für besondere Aufgaben ernannt. Es war richtig feierlich, obwohl die Stelle nur ein Jahr lang geht. Ich war nicht drauf vorbereitet. Total schluffig gekleidet, inklusive Kaffeefleck auf dem grauen Kapuzenpulli. Ich hoffe, dass die PR-Abteilung das aus den Bildern rausretuschieren kann. Die Frau mit der Kamera hat mich gefragt, ob sie mich in der morgigen Bekanntmachung mit dem Satz „China ist die Zukunft des Atlantiks" zitieren dürfe.

Danach gab es im Vorraum Orangensaftschorle für alle und einen Blumenstrauß für mich. Thekla hat mich gefragt, ob sie mich umarmen dürfe – und mich Bruder genannt. Die Umarmung war aber irgendwie keine herzliche, feste Umarmung. Wirklich eher eine Brüderliche, mit zwei Klopfern auf die Schulter. Auffällig, wie viel sich hier umarmt wird. Und immer auf diese krebsige Art.

Andacht im Schatten des Kreuzes zum Thema „Viele sind berufen, aber wenige auserwählt".

Abends hatten Studis zum Thanksgiving in den StudClub eingeladen (hatte nichts mit meiner Ernennung zu tun): „Eine Veranstaltung zum Gedenken an die Anfänge des amerikanischen Volkes, welches mit köstlichen Speisen und Getränken gefeiert wird!" Mir war nicht danach – und mein Student aus Peru hatte mich beim gestrigen Orangensaftschorlenempfang auch gefragt, warum die hier die Ausrottung seines Volkes feiern würden. So hatte ich Thanksgiving noch gar nicht gesehen.

Aber mich wollte ich schon etwas feiern: Der milde Abend schrie förmlich nach Piccolo auf der anderen Seite der Dorfstraße, wo Rauchen nicht verboten ist.

KW49

In der Outlook-Nachrichtenvorschau der E-Mail der IT-Zentrale ist zu lesen:

Sehr geehrter Herr LfbA Tremmler,

herzlichen Glückwunsch zur Ernennung. Vielleicht kannst Du uns verraten,

Ich vervollständige bei rasendem Puls „was die Nutzung der Sky App, von Netflix und YouPorn mit deinem Forschungsgebiet zu tun hat". Schweißausbruch.

wie Chinas Machenschaften unser Leben in Mitteleuropa verändern werden?

Mit besten Grüßen

IT-Zentrale

Der Mineralwasserspender ist alle. Melde mich beim Oberpedell (so heißt hier der Leiter der Hausmeisterei. Dazu aus Wikipedia: „Für die Studenten waren die Pedelle unliebsame Aufpasser, Plagegeister, die so manchen Spaß verdarben. Der übliche Spitzname für den Pedell war ‚Pudel'."). Unser Pedell ist ein Sonnenschein. Er hat bereits eine neue Patrone bestellt!

Abends ist eine Predigt- und Musikveranstaltung im Gemeindesaal unter dem Motto „Gott liebt alle Menschen gleich". Das erscheint mir eher kontraproduktiv für das Überleben der Studierenden im Neoliberalismus.

Recherchiere etwas zu meinem neuen Arbeitgeber. Vor 70 Jahren wurden in Edenred Edentials© hergestellt, Weizenriegel ohne jeglichen Zucker. Der Erfinder Gottfried Ramsey war ein edenistischer Laienprediger und Leiter eines Sanatoriums. Ihm ging es um möglichst fades, den Körper nicht aufregendes Essen, im Einklang mit edenistischen Lehren. Also auch kein Säugetierfleisch, Nikotin, Koffein oder Teein. Gottfried war auch der Überzeugung, dass Sex das physische, emotionale und spirituelle Wohlergehen beeinträchtige. Es wird gemunkelt, er habe deswegen auch so gut wie nie Sex mit seiner Frau gehabt.

Die Edentials waren u.a. auch als Anti-Selbstbefriedigungs-Nahrung gedacht. Denn Masturbation war für Gottfried nochmal doppelt so schlimm wie Sex mit anderen. Sein Erstgeborener übernahm irgendwann die Leitung der mittlerweile in diversen edenistischen Gemeinschaften produzierenden Firma Edentials4Life. Dem war aber Geld wichtiger als Lustfeindlichkeit. Er experimentierte mit Zuckerzusatz und Schokoladenüberzug. Gottfried war wohl klar gewesen, was das für den Masturbationstrieb bedeuten würde. Vater und Sohn überwarfen sich. Da der Vater die Namensrechte behalten hatte, musste sich der Sohnemann einen Neuen ausdenken. Den neuen Produktnamen „Corny" (sowohl „getreidereich" als auch „abgedroschen", „übertrieben sentimental" oder einfach nur „blöde") kann man auch als Seitenhieb auf seinen Vater verstehen.

Thekla kommt zum Quatschen in mein Büro. Ihr Hosenschlitz ist offen. Weiß nicht, was ich machen soll. Da kann man ja nicht wie bei Popel so über die Stelle streichen und hoffen, dass das Gegenüber es einem gleichtut.

Kleiner Abendspaziergang im kalten Nieselregen. Habe irgendwie Hummeln im Hintern. Setz mich ins Auto. In Gnessenow habe ich Handyempfang. Fahre rechts ran und suche auf Google Maps nach geöffneten Bars. Mir wird eine SportsBar in Ziesang angezeigt: bis 24 Uhr geöffnet, „zwanglos" und „nur Barzahlung". Drinnen sitzen vier Männer und gucken auf drei Fernsehern das Abendspiel der italienischen Liga. Bestelle mir ein alkoholfreies Bier und eine Bockwurst. Zur zweiten Halbzeit kommen zwei weitere Männer in die Kneipe. Sie grüßen die Anwesenden und geben auch mir die Hand.

KW50

Nachricht von der IT-Zentrale:

Sehr geehrte Kolleg*in_en/en,

die Anzahl neu entwickelter Schadprogramme bleibt auf einem konstant hohen Niveau, genau wie die Zahl der betroffenen Einrichtungen. Gestern war bekanntermaßen Patchday und es wurden 17 neue Patches ausgerollt. Dies war für die Sicherheit unseres Computersystems unerlässlich. In diesem Kontext möchten wir nachdrücklich daran erinnern, dass die Einbindung der Patches nur erfolgt, wenn alle ihren Teil beitragen; will heißen, jeder hat seinen Computer zu Dienstschluss vollständig herunterzufahren.

Das Theologie-Dekanat hat uns darauf hingewiesen, dass seit gestern die Darstellung einiger altgriechischer Schriftzeichen nicht mehr möglich sei. Die Recherche der IT-Zentrale in den einschlägigen Foren hat ergeben, dass dies mit an Sicherheit grenzender Wahrscheinlichkeit mit drei der installierten Patches zusammenhängt.

Es gibt nun zwei Möglichkeiten: (1) Wir können die Patches deinstallieren. Das kann allerdings dazu führen, dass das Universitätssystem im Zuge der seit heute Morgen 3:17 Ortszeit laufenden massiven Angriffe komplett übernommen wird. (2) Wir warten bis nächste Woche und hoffen, dass Microsoft mit dem nächsten Patch der Problematik ein Ende bereitet.

In diesem Sinne und in der Annahme, dass eine Woche ohne vollständiges altgriechisches Alphabet zumutbar ist, bitten wir um Verständnis.

Mit freundlichen Grüßen

IT-Zentrale

Heute spricht Edenred von nichts anderem als der bevorstehenden Straßensperrung:

Liebe Kolleginnen und Kollegen, liebe Studierende,

ab morgen bis zum 17. Januar wird die B159 von der Autobahnabfahrt Ziesang-Süd bis zum Abzweig Großklebener Allee gesperrt. Wenn Ihr nach Ziesang fahren wollt, gibt es nur noch die Möglichkeit, in Gnessenow vor dem ehemaligen Bäcker rechts den Weg über Zimskau zu nehmen.

Die Asphaltschicht wird erneuert, und nach der neuesten Vorschrift darf dies nicht mehr mit einer halbseitigen Sperrung geschehen, sondern die Straße muss voll gesperrt werden. Diese Auskunft haben wir gestern auf Nachfrage vom Landkreis erhalten.

Herzliche Grüße

Eure Universitätsverwaltung

Zum Mittagessen verlasse ich mit Thekla das Bürogebäude. Sie senkt die Stimme als wir vor der Tür sind: Sie kenne da einen Schleichweg. Ich könne kurz vor der Baustelle links auf den Feldweg, an einer still gelegten Forellenzucht vorbei und hinter dem Bundeswehrstandpunkt wieder rechts, bis man wieder auf die Straße nach Ziesang gelange.

Nachricht von Godgiven:
Betreff: Bitte um Erlaubnis, Hausarbeiten nicht einzureichen
Sehr geehrter Herr Prof.,
guten Tag! Mein Laptop hat mich dieses Wochenende enttäuscht. Ich werde meine Hausaufgaben also später einreichen.
Mit freundlichen Grüßen und Gott mit Dir
Godgiven

Erfahre von Aisha in der Mensa, dass ab morgen ein Großteil der internationalen Studierenden nicht in Edenred sein werde. Ein ehemaliger Student spanne jedes Jahr Studierende aus Edenred dafür ein, auf dem Spandauer Weihnachtsmarkt in Berlin zu arbeiten.

Ich habe morgen ein Seminar und möchte da nicht mein einziger Teilnehmer sein. Sehe Godgiven an der Mensa vorbeigehen und laufe ihm hinterher.

Er begrüßt mich und meint, dass er sowieso auf dem Weg zu mir sei, denn er habe mir etwas zu sagen: Mit vertraulicher Stimme gibt er mir zu verstehen, dass die Studierenden mit meiner Notengebung für die Textzusammenfassungen nicht zufrieden seien. Ich sei zu streng.

Ich frage ihn, ob morgen jemand zu meinem Seminar kommen werde und was da beim Weihnachtsmarkt genau ihre Aufgabe sei.

Nein und Toilettenputzen.

Beim Sprudelwasserspender sitzt der junge Mann vom Hochsitz bzw. vom Laufband. Er lächelt mich an: Wie laufe denn mein Fitnesstraining so. Er sei übrigens der Sohn von Thekla. Die habe ihm von mir erzählt.

Denke daran, dass Thekla mir anvertraut hat, dass sie sich um ihren Sohn mal Sorgen gemacht habe. Sie hätte befürchtet, er rauche. Der Stubenhocker hätte auf einmal auffällig viele Abendspaziergänge mit dem Sohn ihres Nachbarn gemacht. Vorher hätte ihn die Natur nie sonderlich interessiert.

Beim Lidl in Ziesang steht hinter mir an der Kasse ein junger Mann in Tarnfarben-T-Shirt. Ich stelle den Warentrenner hinter meinen Einkauf. Er legt drei Packungen Katzenstreu aufs Band. Auf seinem Fischerhut steht in altdeutscher Schrift „Ostdeutschland".

Als ich meine Sachen im Kofferraum verstaue, sehe ich, wie er neben mir die Beifahrertür eines SUV mit laufendem Motor aufmacht. Ich höre, wie er „Mutti" bittet, den Kofferraum aufzumachen.

Auf dem Rückweg wollte ich dann direkt durch die Baustelle in Gnessenow. Aber als ich mittendrin war, sah ich, wie zwei Autos vor mir am Ende der Baustelle hielten. Mausefalle! Hab mitten in der Baustelle umständlich gewendet und bin mit rasendem Puls raus, um den Schleichweg von Thekla zu nehmen. Mich gefragt, ob das schon als Fahrerflucht gilt und ob die vielleicht jetzt nach einem weinroten Kleinwagen mit Braunschweiger Kennzeichen fahnden.

KW51

Der Campus ist offiziell rauchfrei. Hab auch noch niemanden rauchen gesehen. Auf der anderen Seite der einzigen Straße Edenreds darf man aber. Das gehört nicht mehr zur Universität.

Dafür ist Edenred aber voller Katzen, die überall herumstreunen und ihrem Jagdtrieb freien Lauf lassen. Besonders auffällig ist die Weiße mit langem Fell. Ist sich offensichtlich nicht bewusst, dass sie in der schneefreien Zeit sehr heraussticht. Ich kann mir kaum vorstellen, dass die in der Aufmachung was fängt.

Offene Sprechstunde. Godgiven kommt rein. Ich bitte ihn, sich zu setzen. Er setzt sich, sagt aber nichts. Erst finde ich es seltsam, dann entspanne ich mich in die Stille. Nach 10 Minuten breche ich das Schweigen und frage, worum es denn ginge. Er meint, dass er mich gerade das Gleiche habe fragen wollen.

Letzter Arbeitstag vor den Weihnachtsferien. Kurz bevor ich meinen Computer in den wohlverdienten Ruhezustand schicken will, ploppt eine E-Mail auf mit dem Spam-verdächtigen Betreff „Bitte um Gebet". Von einer Ajaka Anyaoku. Godgivens Nachname, wenn ich mich recht erinnere.

Lieber Doktor Marko,

beste Grüße aus Nigeria! Verzeihen Sie die Störung. Ich wende mich vertrauensvoll an Sie, weil mein geschätzter Ehemann Anyaoku Godgiven in solch hohen Tönen von Ihnen gesprochen hat. Ich bitte um Verständnis für meine Situation. Ich bin allein mit Gott und unseren drei Kindern und bete jeden Tag, dass meinem Gatten nichts zustoßen und er bald zurück sein möge.

Meine konkrete Bitte an Sie ist, dass Sie meinem geliebten Ehemann in Ihre weihnachtlichen Gebete einschließen. Auf dass er Ihre Aufgaben bestehen und Ihren Anforderungen genügen möge.

Möge Gott all Ihre Träume und Wünsche in Erfüllung gehen lassen. Seien Sie gesegnet!

In Christus

Ihre Anyaoku Ajaka

Ich frühstücke ausgiebig (Eier im Glas). Meine erste Auszeit in Edenred. Stoße auf einen Zeitungsartikel, der erklärt, dass nach Europa gelangte Afrikaner im Schnitt 3.500 Euro für die Reise bezahlen. Die afrikanischen Studenten hier liegen also nur knapp drüber – bei ungefährlicherer Reiseroute (wenn man mal von übelriechenden, betrunkenen weißen Mitreisenden absieht). Sie müssen ungefähr 4.000 zahlen, um das Studium anfangen zu können und ein Jahr inklusive Unterbringung abzudecken.

KW52

Das Mensagebäude ist mit Lichtern geschmückt. Da soll heute Abend das Weihnachtsessen für die internationalen Studierenden stattfinden.

Abendessen in Ziesang im „Balkanroute – Jugoslawische Spezialitäten". Kann mich nicht entscheiden: Ein Glas „Demestica (trocken) – beherzte Blume mit klarer Fruchtaussage" oder lieber „Laski (halbtrocken) – Aroma von dezenter Synthese verschiedener Noten"?

Der Nachbartisch trägt Yakuza. Kann mich nicht erinnern, ob das nun eine Nazimarke sein soll oder nicht. In jedem Fall wirkt der Nachbartisch ganz nett. Die eine mit so Koteletten guckt immer zu mir rüber. Als ich gehe, lächelt sie mir zu.

Mein WLAN geht seit gestern Nacht um ca. 3 Uhr nicht mehr. Ich musste mitten in der zweiten Staffel unterbrechen.

Gehe rüber in mein Büro, weil der Handyempfang wie immer eine Katastrophe ist. Versuche mein Glück, rufe in der IT-Zentrale an und wähle dann 9 für „Probleme mit LAN-Zugang":

„Komm vorbei. Und klopf 2x lang und 2x kurz. Dann wissen wir, dass Du es bist. Wir können gerade keine Laufkundschaft gebrauchen. Leg den Laptop dann einfach in die dafür vorgesehene Luke." Man werde mir den Rechner um 15 Uhr in mein Postfach legen.

Spaziere durch den Park zur IT-Zentrale. Während ich mich an der Tür zu erkennen gebe, frage ich mich, wie man merken soll, dass das zweite kurze Klopfen kurz ist.

Ich sehe jetzt regelmäßig so einen Käfer, der mir ganz zu Beginn hier schon mal aufgefallen war. Er versteckt sich gerne in Fensterrahmen und wirkt in seinen Bewegungen immer komplett erschöpft. Frage mich, wie so was überleben kann. Nun habe ich endlich mal nachgeguckt: Handelt sich um die Amerikanische Kiefernwanze. Die habe es laut Internet erst 2000 nach Europa geschafft und sei in Deutschland 2006 das erste Mal gesichtet worden. Unter dem Sommermärchenradar hindurchgeschlüpft. Jetzt hat sie es also schon hinter den Eisernen Vorhang geschafft.

Leider weiß ich nach dem Internetausflug nun auch, dass die schönen Feuerkäfer, die immer so in Trauben vorkommen (z.B. vor der Eingangstreppe zu meiner Wohnung), auch Wanzen sind. Das löst etwas aus in mir – dass das jetzt alles Wanzen sein sollen. Auch ich sehe in Wanzen wohl „Lästlinge": Tiere, „die keine Schädlinge im Sinne des Begriffes sind, deren Anwesenheit jedoch als störend empfunden wird".

Das ist eine so unwissenschaftliche Definition, die hätte ich nicht mal bei meinen Studis durchgehen lassen. Und Wikipedia dürfen die auch nicht zitieren. Frage mich, ob es in der Welt der IT-Sicherheit nur um Schadprogramme geht oder vielleicht auch manchmal um Lastprogramme – ungefährliche Programme, die keinen Schaden auslösen, aber dennoch als störend empfunden werden.

KW1

Installiere mir Twitter. Geht aber nur als Desktop-Version, weil mein Handyempfang zu schlecht ist.

Mir fällt irgendwie nichts ein, was ich twittern könnte.

Bekomme eine E-Mail von Godgiven. Er wünscht darin Thekla frohe Weihnachten und ein glückliches neues Jahr. Ich bin in cc gesetzt.

Betrinke mich etwas und setze mich um Mitternacht auf den Hochsitz südlich von Edenred, direkt hinter der Else. Drei Raketen erleuchten kurz den bedeckten Himmel über Elstal. Ansonsten nur das Brummen der A9.

„Und erlöse uns von dem Bösen" ist die Losung der Gemeinde Edenred für dieses Jahr.

Frage mich, ob ich nicht vielleicht der schlimmste Mensch Edenreds bin. Bleibe distanziert, lasse die Leute nicht an mich heran. Meine Neujahrsresolution ist es, mehr Gemeinsamkeit zu erleben oder wie auch immer das hier heißt; also mich für meine Mitmenschen zu interessieren, mich mit ihnen auszutauschen, ein besserer Mensch zu werden.

Der Pfarrer Edenreds hatte vor Weihnachten dazu aufgerufen, den Bewohnern des Altersheims in Gnessenow weihnachtliche Besuche abzustatten. Einige würden so gut wie nie von ihren Verwandten besucht. Mir wurde der Kontakt zu einer Adelheid Enzig gegeben (2. Stock, Zimmer 17). Hatte es dann aber nicht mehr geschafft.

Heute dann extra an der Tankstelle bei der Autobahnauffahrt einen Blumenstrauß gekauft und auf nach Gnessenow. Ihr Zimmer habe ich schnell gefunden. Als ich ihr die Blumen geben wollte, hat sie sofort eine Vase gesucht und gesagt: „Ach, wie schön. Das ist bestimmt wegen meines Geburtstags." Ich erkannte sie als die Frau, die mich und Thekla bei meiner Ankunft in Edenred gegrüßt hatte. Frage mich, was sie in Edenred gemacht hat.

Ich sollte mich dann hinsetzen und aufschreiben, von wem der komme. In ihren Kalender. Dann meinte sie noch, dass ich Glück gehabt hätte, sie angetroffen zu haben, denn sie sei gerade erst von ihrem geliebten Mann wiedergekommen.

Sie ist wirklich süß, lächelt die ganze Zeit. Meinte immer wieder, wie schön es sei, dass ich da sei. Dann hat sie mich aber auch mehrfach gefragt, von wem denn der Blumenstrauß sei. Um jedes Mal abzuwinken und zu sagen, dass sie das ja auch später einfach nachlesen könne.

Sie wollte wisse, ob ich auch Edenist sei. Und ob ich mal mit ihr zu den Andachten käme. Und sie hat auch gefragt, ob ich wieder zu Besuch kommen werde. Zum Abschied hat sie mich in den Arm genommen, so richtig fest. Vielleicht hat sie vergessen, dass bei den Edenisten eher distanzierende Umarmungen angesagt sind. Sie wollte mir dann auch noch unbedingt was schenken. Hat in ihrem Zimmer rumgesucht und in ihrem Nachttisch so eine Frühstücksportion Tartex gefunden.

Es hat geschneit. Edenred gleicht einem winterlichen Disneyworld. Es glitzert in den Augen und knistert unter den Füßen.

Spaziergang nach Elstal. Gucke mir die Schafe an, die dort auf der Weide stehen und in ihrem echten Schaffell warm angezogen wirken.

Ein Mann kommt aus dem Stall hinter der Weide in meine Richtung gelaufen. Ich wünsche ihm ein frohes neues Jahr. Wir kommen ins Gespräch. Er erzählt von einem sehr aktiven Wolfsrudel in der Gegend. Die hätten schon etliche seiner Schafe gerissen. Abends gehe er manchmal noch mit Wärmebildkamera raus. Er sei auch Jäger. Da habe er letztens vier Wölfe gesehen. Er habe sie richtig verscheuchen müssen, erst mit Klatschen und dann mit Steinen. Schießen dürfe man die nicht.

Wegen der Wölfe halte fast niemand mehr Schafe in der Gegend. Und die Wildschweine seien aggressiver geworden. Da sie gelernt hätten, sich gegen Wölfe zu wehren, würden sie sich mittlerweile den Jagdhunden entgegenstellen. Sein eigener habe schon dreimal tiefe Fleischwunden davongetragen.

Ich frage ihn, ob er Fanny van Dannen kenne. Habe Handyempfang und finde das Lied gleich auf YouTube:

„Fleischfresserschweine, Fleischfresserschweine.

Sie greifen erbarmungslos an.

Sie fressen auch das Rückenmark.

Noch ist es ein Traum, aber er wird wahr, irgendwann ..."

Auf dem Rückweg geh ich nochmal an der Else entlang. Ich höre etwas knacken und trau meinen Augen nicht. Ein Biber! Hockt seelenruhig am Ufer und putzt sich das Fell.

Freue mich auf den Unistart am Montag. Bis jetzt ist irgendwie so gut wie niemand auf dem Campus. Alles dunkel. Bin wirklich motiviert, meinen Kolleginnen und Kollegen ein schönes neues Jahr zu wünschen und mich nach ihrem Weihnachten, ihren Familien und ihren Neujahrsresolutionen zu erkundigen.

KW2

In der Mensa ist mittags die Tür verschlossen. Ich gucke, ob ich irgendjemand drin sehe und klopfe. Der Koch macht mir dann doch noch auf: „Der Ungläubige hat wohl vergessen, dass heute Dreikönige ist." An Feiertagen werde 15 Minuten früher geschlossen. Er lässt mich aber noch rein – und tut mir eine riesige Portion Gemüsestrudel mit Senfsoße auf. Ich protestiere, die Hälfte genüge mir. Er winkt mit erhobenem Kochlöffel ab: „Klopft an, so wird euch aufgetan!"

Ein paar Leute sind in der Mensa. Ich setze mich an einen Tisch mit drei Studierenden und einem Doktoranden. Die unaufgegessenen Teller sagen mir, dass Senfsoße auf Gemüsestrudel auch in Ruanda und Nigeria keine große Fangemeinde hat. Versuche mein bestes, aber so richtig will die Unterhaltung nicht sprudeln.

Silvester in Berlin (Reinickendorf), von der ruandischen Botschaft organisiert.

Wunderkerzen vor dem Studierendenzentrum mit ein paar anderen Nigerianern, aber schon vor 12 im Bett.

Frage Godgiven, ob es Silvester irgendwelche Brände gegeben habe. Neulich nämlich erfahren, dass er sich bei der Freiwilligen Feuerwehr Edenreds engagiert.

Silvester hätten sie nur einen Einsatz gehabt, am 1. in Gnessenow, eine Mülltonne.

Wie ein echter Edenist habe ich gestern den ganzen Sonntag die Arbeit ruhen gelassen – und insgesamt eine ruhige Kugel geschoben. Nur zum Sonnenuntergang bin ich kurz raus, weil so ein tolles Licht war. Da hab ich wieder einen Biber gesehen! Bin ihm ein bisschen gefolgt, wie er die Else hoch ist. Konnte sogar ein Foto machen. Als er mich schließlich bemerkt hat, ist er mit Delfinrolle weg.

Thekla gefragt, ob sie heute auch in den Kraftraum geht. Ich war schon länger nicht mehr gewesen.

Nachdem sie mit den Kurzhanteln fertig war, habe ich Thekla das Handyfoto gezeigt, das ich von dem Biber geschossen hatte. Sie gluckste kurz. Um mir dann zu sagen, dass das eindeutig eine Wasserratte sei. Davon gebe es hier eine ganze Menge. Ein Biber sei eine ganz andere Nummer. Und vor allem habe der auch keinen Rattenschwanz. Vielleicht hätte ich mich auch von der Ähnlichkeit der wissenschaftlichen Bezeichnung irritieren lassen – die Wasserratte heiße Myocastor, der Biber nur Castor.

Ich bin aufs Laufband. Danach habe ich das Bild gelöscht.

KW3

Thekla hat sich nicht nehmen lassen, nochmal per Mail auf den Biber zurückzukommen: „Ich habe mir jetzt auch endlich so eine kabellose Computermaus geholt – übrigens nicht zu verwechseln mit der Computerratte." Ich hatte ihr die gegen Sehnenscheidenentzündung empfohlen.

Eine E-Mail von der IT-Zentrale kommt rein, mit dem Betreff „!!!Achtung Achtung: manipulierte Word-Dateien im Umlauf!!!":

Sehr geehrte Kollegen, sehr geehrte Studenten,

heute um 5:37 Uhr kam es zu einer Attacke auf die Universität. Diverse Nutzer haben E-Mails mit dubiosen Word-Dateien erhalten. Bitte öffnet diese E-Mails und insbesondere die Anhänge auf keinen Fall!!! Die Anhänge sind mit Schadprogrammen infiziert, die den Zugriff auf sämtliche Daten des jeweiligen Computers ermöglichen. Perfiderweise wird durch das Öffnen dieser Anhänge auch ein Schadprogramm installiert, das bei Entdeckung durch Antivirensoftware automatisch mutiert.

Dieses reale Beispiel eines konzertierten Angriffs zeigt, dass es sich lohnt, sehr genau hinzusehen, wem man an der EUE Tür und Tor öffnet.

Wie immer sind wir dabei auf Eure Mithilfe angewiesen. In diesem Sinn raten wir eindringlich dazu, bis auf weiteres keine Word-Dateien mehr zu öffnen.

MfG

IT-Zentrale

Thekla kommt in mein Büro gestürmt: „Hast Du die E-Mail der IT-Zentrale gesehen?!" Es gehe ihr auf den Keks, dass die regelmäßig und völlig unnötig christliche Referenzen mache. Letztens ging es schon um Leviten lesen. Und heute um die Tore des Tempels zu Jerusalem: „Machet die Tore weit und die Türen in der Welt hoch, dass der König der Ehre einziehe!" Wie man den Einzug des Herrn Zebaoth – also niemand anderes als Gott – mit profanen Hackerattacken gleichsetzen könne, sei ihr schleierhaft.

Der letzte Schnee trotzt noch den Plusgraden. Schuhspuren verwandeln sich sofort in kleine nierenförmige Schwimmbecken.

Die IT-Zentrale meldet sich schon wieder:

Ein Nachtrag zu gestern: Auffällig ist, dass es sich bei den infizierten Word-Dateien, die uns gestern bis tief in die Nacht beschäftigt haben, um Docx-Dateien handelt. Docx ist das Standard-Dateiformat für Dokumente ab Word 2007, die Versionen davor verwenden Doc. Docx ist nach landläufiger Meinung das sicherere Format. Gleichzeitig verhält sich eine solche Datei gewissermaßen wie ein Container bzw. wie eine ZIP-Datei, d.h. in ihr befinden sich verschiedene Unterordner, die weitere xml-Dateien und CSS-Dateien enthalten.

Heute haben wir einen Text zum Opiumkrieg zwischen Großbritannien und China gelesen (die Briten hatten zu viel Tee konsumiert und ein Handelsdefizit mit Indien angehäuft; das wiederum wollten sie durch Handel mit anderen Drogen aufbessern, wurden aber von chinesischen Beamten auf frischer Tat beim Opiumschmuggel ertappt → britischer Angriffskrieg).

Ertappe mich, wie ich am Ende des langen Arbeitstages beim Gang durch den Park in Richtung Wohnung vor mich hinsinge:

C-a-f-f-e-e,

trink nicht so viel Kaffee! Nicht für Kinder ist der Türkentrank, schwächt die Nerven, macht dich blass und krank. Sei doch kein Muselmann, der ihn nicht lassen kann!

Heute soll ein kurzfristig eingegangener Antrag der IT-Zentrale besprochen werden. Der Antrag stellt sich eher als Mitteilung heraus:

Um zukünftige Angriffe über Docx-Dateien zu verunmöglichen, hat die IT-Zentrale verschiedene Szenarien durchgespielt – immer mit dem Ziel, die Antivirensoftware-Infrastruktur Edenreds für Schadprogramme komplett undurchlässig zu machen. Angesichts der Unmöglichkeit, den Faktor Mensch gänzlich zu eliminieren, sieht sich die IT-Zentrale gezwungen, Word auf allen Universitätsrechnern auf die 2003er Version zurückzusetzen. So kann zukünftiges unbedachtes Öffnen von infizierten Docx-Dateien ausgeschlossen werden, da Word bekanntermaßen nicht abwärtskompatibel ist.

Nochmal nach Bibern recherchiert. Die waren in Deutschland mal ausgestorben. Unter anderem haben Christen nicht ertragen können, in der Fastenzeit kein Fleisch zu essen. Aber Fisch war erlaubt. Da haben sie kurzerhand den Biber zum Fisch erklärt. Als der dann alle war, haben sie auch Enten zu Fischen umdefiniert. Das erklärt vielleicht auch, warum die Enten der Else immer gleich wegfliegen, statt sich von mir mit Brot füttern zu lassen.

Zu meiner Verteidigung habe ich nun rausbekommen, dass Wasserratten auch Biberratten genannt werden. Und die haben auch nicht wirklich einen Rattenschwanz, finde ich. Eher so einen Behaarten wie z.B. die Wüstenrennmäuse, die ich früher hatte.

Entdecke bei meinem Wochenendspaziergang Nazischmierereien an meinem Lieblingshochsitz. In das Plexiglasfenster ist ein großes Hakenkreuz reingekratzt. Das Ganze ist geziert mit „Ein Volk, ein Führer" und „Love Animals, Hate Africans".

Ich schicke wegen des Hochsitzes eine kurze Nachricht an die Universitätsleitung – mit Thekla und dem Pfarrer in cc.

KW4

Thekla kommt in mein Büro. Sie könne heulen, „so eine Schweinerei!". Sie vermute, dass das Kinder oder Jugendliche aus den Nachbardörfern gewesen seien. Ausländerfeindlichkeit habe sie in Edenred noch nie erlebt. Was Interkulturelleres als Edenred gebe es im Umkreis von 100 Kilometern nicht.

Sie warnt mich noch, dass es nur Milchreis in der Mensa gebe. Ich liebe Milchreis. Als ich an der Kasse bezahlen will, kommt ein Stoßtrupp von einem Dutzend Bundeswehrsoldaten rein. „Die machen hier eine Fortbildung", sagt der Koch, als er beim Abkassieren meinen ungläubigen Blick bemerkt. Dann schickt er mich mit einer Handbewegung in Richtung Essenssaal: „Sättiget euch nun über meinem Tisch von Starken und allerlei Kriegsleuten."

Erfahre beim Nachmittagstee von Thekla, dass es Diskussionen gab, ob es okay sei, die Bundeswehr hier zu haben. Weil einige den Edenismus als antimilitaristisch sähen. Viele Edenistinnen und Edenisten, vor allem in Australien, seien aber wohl stolz drauf, dass Glaubensgenossen und -genossinnen hohe Posten in der Armee besetzen würden.

Finde abends Zigarettenblättchen vor der Mensa, bestimmt von den Soldaten. Meine waren gerade alle.

Die Universitätsleitung schreibt mir, dass der Hochsitz auf Universitätsgelände stehe und damit in den Hoheitsbereich der Universität falle. Man erwäge, Anzeige wegen Sachbeschädigung zu stellen.

Das Wohnhaus der internationalen Studierenden, das man vom Hochsitz aus einsehen kann, wird Ready genannt. Und im Studijargon wird von „Ready is Africa" gesprochen. Der Großteil der internationalen Studierenden wohnt dort und die kommen wiederum besonders aus afrikanischen Ländern. Der Namensgeber, Andreas Radinski, gilt als der erfolgreichste edenistische Missionar aller Zeiten. Dabei verfolgte er den auch noch heute die edenistische Mission leitenden Grundsatz: „Gehet hinaus in unerschlossene Gebiete und bearbeitet den jungfräulichen Boden. Die Kraft des Herrn wird für reiche Ernte sorgen."

Gegenüber liegt das Wohnheim, in dem vor allem deutsche Studierende unterkommen. Es gebe keine diesbezügliche Regelung, meint Thekla, es habe sich einfach so ergeben und beide Seiten seien damit nicht unzufrieden. Es gebe einfach unterschiedliche Interpretationen von Nachtruhe. Und die Gerüche der afrikanischen Küche seien auch nicht jedermanns bzw. jederfraus Sache.

Treffe mich mittags mit Aisha in der Mensa. Sie erzählt, dass sie sich gestern mit ihrem Mann den Film „Schwarzsein in Deutschland" angeschaut habe. In dem Film komme u.a. ein Mann aus Ghana zu Wort, der von seinem Leben in Ziesang berichte. Davon, dass er nie ohne Angst aus dem Haus gehe und jeden Tag rassistisch beleidigt werde. Und dass er auch schon aus dem Nichts heraus geschlagen worden sei.

Nun sehe sie selbst auch die Anfeindungen anders, denen sie und ihr Mann ausgesetzt seien, wenn sie zum Einkaufen oder zum Arzt nach Ziesang gingen. Dass man ihm beim Autofahren zum Beispiel schon mehrmals per Geste das Aufschlitzen seines Halses angedroht habe.

Thekla habe ihr heute Morgen von meiner Nachricht wegen der Graffiti im Hochsitz erzählt. Die nähme das nicht besonders ernst. Habe sich eher etwas lustig gemacht und von Paranoia gesprochen. Dann meint Aisha noch, dass das ziemlich dumme Kriminelle seien, denn die hätten eine Telefonnummer hinterlassen.

Ich erkläre ihr, dass wir das in Deutschland so machen, wenn wir jemand eins auswischen wollen, im Sinne von „Küsse Hintern aller Art" plus Handynummer vom Klassenlehrer aufs Jungenklo. Und ich frage auch, ob sie sich sicher sei, dass ihnen da auf offener Straße Gewalt angedroht worden sei. Vielleicht sei ihr Mann auch zu schnell unterwegs gewesen und man habe ihm deutlich machen wollen, langsamer zu fahren. Ich hätte von sowas zumindest noch nie gehört.

Aisha guckt mich etwas konsterniert an – und fährt fort: Beim Netto in Ziesang hätte sie mal an der Kasse gestanden und ihre Karte habe nicht funktioniert. Auch die zweite und dritte Karte hätten nicht funktioniert. Es habe irgendein Problem mit dem Kartenlesegerät gegeben. Da habe die Kassiererin zu ihrer Kollegin an der anderen Kasse gesagt: „Die sind bestimmt geklaut." Sie habe sich nichts anmerken lassen. Habe so getan, als hätte sie es nicht verstanden. Sie sei sich sicher gewesen, dass die Kassiererin wollte, dass sie es verstehe. Den Gefallen habe sie der nicht tun wollen.

Heute ging es in einem Erklärvideo der Vereinten Nationen um den „Dominoeffekt" bei der Eskalation von Konflikten. Es kam raus, dass weder der Effekt noch Domino den Studierenden etwas sagten. Mir dämmert, dass ich doch oft mit unangebrachten kulturspezifischen Codes im Unterricht hantiere.

Mein Fahrrad hat ein Problem, tritt total durch. Thekla hat mir zur Nummer von einem älteren Herrn verholfen, der sich um Räder in Edenred kümmere. Ich rufe an. Er fragt mich, wessen Sohn ich sei. Ich stammele, dass ich von niemandem der Sohn sei. Korrigiere mich, dass ich natürlich schon der Sohn von meinem Vater und meiner Mutter sei. Er lässt sich nicht beirren: Wie mein Vater heiße. Ach so, nein, er kenne nur Martin Tremmler. Hier sind alle immer die Geschwister und Kinder von irgendjemand.

Verabrede mich mit dem Fahrradmann. Er wohnt in der einen Straße von Edenred. Mein Hinterrad sei nicht mehr zu gebrauchen, er könne mir ein neues besorgen. Apropos Radwartung und -pflege, merkt er noch an, davon hielten unsere schwarzen Brüder nichts. Er frage sich, ob das eine kulturelle Sache sei.

Habe gerade ein Telefonat mit einem ehemaligen Kollegen aus Tübingen beendet. Er habe mir die Seminararbeit einer Studentin weiterleiten wollen, der ich wohl erlaubt hätte, diese nachzureichen. Er habe eine automatische Nachricht des Antivirenprogramms Edenreddox erhalten, demzufolge er soeben versucht hätte, eine E-Mail mit „Schadinhalt" zu versenden. Das Antivirenprogramm der Uni Tübingen habe allerdings in dem Anhang nichts finden können.

Ich erkläre die Umstände. Und ja: Ansonsten sei Edenred aber wirklich ein schöner Ort, die Kolleginnen und Kollegen supernett und die Studis seien mir regelrecht ans Herz gewachsen. Ausgesucht hätte ich mir das aber wohl dennoch nicht. Mein Ex-Kollege erwidert, dass er noch sechs Monate habe, dann müsse er sich auch was Neues suchen.

Wenn ich Biber und Else in Google eingebe, bekomme ich Resultate für „Justin Bieber nackt". Es gibt in Elbe-Elster aber grundsätzlich schon Biber. Scheinen allerdings alles andere als unumstritten, wenn ich dem „Elbster Anzeiger" trauen kann:

Überflutete Äcker, abgenagte Windschutzstreifen – der Biber wird den Landwirten in der Region an manchen Stellen zu einem echten Problem. Alle Stakeholder stellen aber klar: Die generelle Vertreibung des Bibers ist nicht gewollt. Wenn erhebliche Schäden für die Landwirtschaft oder Verkehrswege entstehen, greift die Verordnung, nach der Biber entnommen und auch getötet werden dürfen.

Abends nach Ziesang ins China-Restaurant. Habe mich gegen die „Sang-Zie-Sang Platte" und für die „Reich der Mitteldeutschland Platte" entschieden.

Danach eine Reportage über Biber geguckt. Biber haben demnach eine erstaunliche „Gestaltungskraft" und erhöhen mit ihrer Landschaftsgestaltung die Artenvielfalt. Und ironischerweise trügen ihre Überschwemmungsaktionen zum Hochwasserschutz bei.

KW5

Im Seminar Geschichte internationaler Wirtschaftsbeziehungen geht es heute um Ressourcenkonflikte und Umwelt-Governance. Ich ergreife die Chance, um mein Wissen vom Aussterben und der hoffnungsvollen Wiederheimischwerdung des Bibers zu teilen – und ihn an das Whiteboard zu malen. Godgiven fragt, ob das Tier Menschen angreife.

Die IT-Zentrale teilt den Mitgliedern des WisAu schriftlich mit, dass aus Gründen allgemeiner IT-Sicherheit zukünftig alle aktiven Links in E-Mails vom Edenreddox-Filter identifiziert und deaktiviert bzw. unschädlich gemacht werden. Damit könne abgewendet werden, dass mit Links versehene E-Mails in Gänze vom Antiviren-Programm aussortiert würden. Die IT-Zentrale gehe davon aus, dass eine Löschung aller mit Links versehenen E-Mails durch Edenreddox nicht im Sinne der E-Mail-Adressaten (und -Adressatinnen) gewesen wäre – auch wenn es aus Perspektive der IT-Zentrale angezeigt sei.

Aisha, Thekla und ich sprechen mittags über Internationalisierung der Universität und eine mögliche Kooperation mit einer Universität in Kenia. Der, an der Aisha studiert und Thekla gelehrt hat. Als Thekla aufsteht, um ihr Geschirr wegzubringen, flüstert Aisha mir zu, dass sich die Internationalisierung in Edenred auf den Fachbereich Klo- und Büroreinigung beschränke.

In das neue Plexiglas des Hochsitzes hat jemand „C. Blacksmith war Freimaurer!" geritzt. Eine Internetrecherche ergibt, dass Charles Blacksmith die edenistische Bewegung in Australien mitgegründet hat. Er war es, der im 19. Jahrhundert konkrete Daten für die Wiedereröffnung des Garten Eden vorausgesagt hatte. Das hatte ihm zunächst viele Follower eingebracht. Bis dann doch alles anders gekommen ist.

Ich gehe zu Thekla und bitte um Einordnung bzw. Interpretation. Sie hat zwei sehr schöne Pflanzen in ihrem Büro. Ich darf mir einen Ableger abzwacken und soll mir „Begonie" merken.

Blacksmith sei Freimaurer gewesen, bevor er sich dem Predigen zugewandt habe. Was der Schmierer bzw. die Schmiererin nun mit dem Ausspruch bezwecke, sei ihr schleierhaft. Es schwinge aber schon etwas Denunziatorisches mit. Zumal in den heutigen Zeiten, in denen der Vorwurf der Verschwörungstheorie auch verwendet werde, um berechtigte Kritiken im Keim zu ersticken. In einer gottlosen Welt sei wohl allein schon das Festhalten am Erlöser Grund genug verdächtig zu sein.

Dass Blacksmith sich bei seinen Versuchen, Hinweise auf Zeitangaben in der Bibel zu entschlüsseln, habe korrigieren müssen und dann gescheitert sei, habe natürlich nicht dazu geführt, dass er als besonders glaubhaft in die edenistische Geschichte eingegangen sei. Viele Menschen hätten damals ihr bisheriges Leben aufgegeben und sich seiner Bewegung angeschlossen. Als dann auch der dritte Termin zur Rückkehr in den Garten Eden verstrichen sei, ohne dass „der große Gärtner" sich habe blicken lassen, habe das die Bewegung zerbrechen lassen.

Glücklicherweise habe es einige Gläubige gegeben, die diese große Enttäuschung durch gründliches Bibelstudium verarbeitet hätten. Dadurch hätten sie verstanden, dass man den Zeitpunkt für die Gartenöffnung nicht berechnen könne – ich solle mal in Matthäus 24,36 gucken – und hätten daraus den Schluss gezogen, dass der Auftrag, das Evangelium zu verkünden und den Menschen die Liebe Gottes durch gelebte Nächstenliebe zu bezeugen, die beste Möglichkeit sei, die Zeit bis dahin zu füllen.

Das scheint mir kein schlechter Zeitvertreib. Auf jeden Fall sinnvoller als, wie ich, gestern Abend das Finale der Tischtennis-EM von 2018 auf YouTube zu gucken. Ich habe allerdings auch nur das Ende des Semesters und nicht das der Welt vor Augen.

Auf dem Weg zum WisAu hab ich nochmal an der Else vorbeigeguckt. Bin mir ziemlich sicher, dass der eine Baumstamm angenagt war.

Im WisAu gibt es heute keinen Programmpunkt und es wird in die Runde gefragt, ob es noch irgendwelche Anliegen gebe. Ich frage, ob es Überlegungen gebe, etwas gegen möglichen Biberverbiss an dem Teil der Else zu machen, der auf dem Universitätsgelände liegt. Nur um dem Unmut zuvorzukommen, der bei massiver Rückkehr des Bibers zu erwarten sei.

Der WisAu hält nach kurzer Diskussion fest, dass Schäden durch Biber bislang nicht in den Aufgabenbereich der Hausmeisterei fielen.

Arbeits- und Gesundheitsschutzschulung. Ein Herr aus Cottbus ist extra dafür angereist. Um eine PowerPoint-Präsentation vorzulesen. Nun weiß ich, dass ich beim Toilettengang während der Arbeitszeit – wenn ich mich mit mindestens 50% meines Körpers in den Toilettenräumen befinde – nicht versichert bin: „Das Verrichten der Notdurft ist eine privatwirtschaftliche Aktivität." Die Abschnitte zu Rauchen, Alkohol und Drogen überspringe er. Das sei für hier ja nicht relevant.

Im anschließenden Seminar sprechen wir über die Schulung. Die Studenten berichten, dass der Mann von Thekla mal eine leere Alkoholflasche im Müll gefunden habe. Da habe es richtig Ärger gegeben.

Einige Studierende aus meinem Seminar erzählen, dass sie die Hausaufgaben für heute nicht haben erledigen können, weil sie morgen Prüfung bei der Freiwilligen Feuerwehr hätten. Da würden sie den Umgang mit Waldbränden und mit Sturmschäden lernen und wie man sich vor Funken schütze. Ich frage, was hier denn schon groß passieren solle. Sie meinen, dass es vor zwei Jahren einen heftigen Sturm gegeben habe, mit einer richtigen Windhose. Sie seien da natürlich noch nicht hier gewesen, aber die Waldschäden sehe man immer noch.

Hallo Marko,

ein Blick in Deinen Spamfilter hat uns verraten, dass eine E-Mail an Dich blockiert wurde. Der Grund ist, dass versucht wurde, Dir ein RTF-Dokument im Anhang zu schicken. Wir möchten Dich eindringlich bitten, Deinem Kommunikationspartner mitzuteilen, dass RTF-Dokumente entgegen landläufiger Meinung keine Sicherheit vor Viren bieten. Die vor dem ersten Klick einleuchtende Einsicht „ohne Makros auch keine Makroviren" erweist sich als folgenreiche Naivität. Dazu eine für jeden zugängliche Mainstream-IT-Zeitschrift: „Das RTF-Format enthält nämlich weiterhin eingebettete Grafiken, Musikdateien oder auch Dokumente und Tabellen mit Makros. Alle Daten dieser Objekte bleiben vollständig erhalten, also auch darin vorhandene Makroviren." (https://www.pcwelt.de/ratgeber/RTF-Dateien-doch-nicht-ganz-ungefaehrlich-68029.html)

Mit freundlichen Grüßen
IT-Zentrale

KW6

Hab wenig geschlafen, um weiter mein Seminar zu Wirtschaftsbeziehungen zu planen. Im Unterricht stellt sich heraus, dass nur eine Person von 10 gelesen hat, und die auch nur den einen Text. Eigentlich hat also nur eine halbe Person die Texte gelesen:

„Ich bin extra früh aufgestanden, um mich auf das Seminar vorzubereiten. Und dann so was! Was schlagt ihr denn vor, was sollen wir jetzt machen?"

Studentin: „Wir machen es so wie immer, wir sprechen über die Texte."

„Über die Texte, die ihr nicht gelesen habt? … Ich soll also den Märchenonkel spielen?!"

Nachdem ich mich etwas beruhigt habe, schlage ich vor, dass sie zumindest jetzt die Einleitung zu „Afrikas Wirtschaft. Gebrochen oder im Aufbruch?" lesen könnten. Eine Studentin erzählt, dass sie ein Plakat gesehen habe, an das sie jetzt denken müsse. Die Universität habe zur Veranstaltung „Afrika zu Besuch" eingeladen – „Lachen wie in Liberia, Musizieren wie in Mosambik, Kochen wie im Kongo". Und dazu Bilder von Massai. Andere Studierende stimmen in ihr Klagelied ein: Sie hätten schon oft versucht zu vermitteln, dass Afrika differenziert zu betrachten sei. Und statt sie zu fragen, sich inhaltlich einzubringen, habe man sie lediglich gebeten, eine Spezialität aus ihrem Heimatland zuzubereiten. Nur zuuu scharf und exotisch dürfe es nicht sein.

Habe heute den zigsten Anruf von Kollegen von anderen Unis bekommen, die mich aufgelöst anriefen, um mich davon abzuhalten, ihre soeben verschickten E-Mails zu öffnen. Sie seien von meiner Uni auf einen virenverseuchten Anhang hingewiesen worden. Von einigen akademischen Verteilern und Mailinglisten bin ich bereits entfernt worden, weil Mails mit Anhängen nicht mehr zu mir durchkommen. Traue mich nicht darüber zu informieren, dass ich leider nur Doc-Dateien erhalten könne. Brandenburg, Dorf, obskure Christensekte und als Sahnehäubchen Word 2003.

Schreibe der IT-Zentrale, dass in den automatisierten Antworten von Edenreddox vielleicht nicht drin stehen sollte, dass im Anhang ein Virus gefunden worden sei. Das stimme ja in vielen Fällen auch gar nicht und könne zu Panik bei den Empfängern führen. Könne nicht geschrieben werden, dass die Nachricht nicht zugestellt worden sei, weil ENTWEDER ein Virus gefunden worden sei ODER die EUE das angehängte Dateiformat nicht akzeptiere?

Ich mache mich auf eine Zurechtweisung gefasst. Aber nein, eine halbe Stunde später kommt schon eine Rückmeldung:

Hallo Marko,
im Grunde genommen ist das eine Möglichkeit. Ob es technisch umsetzbar ist, wird sich zeigen müssen.
Mit freundlichem Gruß
IT-Zentrale

Mail der IT-Zentrale, nach Dienstschluss:
Sehr geehrte Kollegen,

wir können von Glück reden, dass ihr diese E-Mail überhaupt noch empfangen könnt. Die Universität ist heute um Haaresbreite an einem GAU vorbeigerauscht. Wir vermuten, dass jemand sich universitätsintern mittels mobilem Hotspot entgegen der Regularien eine Docx-Datei hat zuschicken lassen. Diese muss mit einem Schadprogramm infiziert gewesen sein. Die Details ersparen wir Euch. So wie wir Euch den Zusammenbruch des gesamten IT-Systems erspart haben.

Die IT-Zentrale hat in einer spätnächtlichen Sondersitzung beschlossen, Microsoft Office insgesamt zu deinstallieren. Die kriminelle Energie ist von außen wie von innen leider zu groß, um das Risiko weiterer Angriffe tragen zu können. Das heißt, dass auch das Dateiformat Doc nicht mehr zur Verfügung steht. Ebenso betroffen sind Excel bzw. Xls und alle anderen von Office angebotenen Anwendungen.

Wenn ihr euch jetzt fragt, wie ihr eure Schreib- und Verwaltungstätigkeit weiter ausführen sollt, können wir euch beruhigen. Alle Computer der Universität verwenden ab nun die von der IT-Zentrale entwickelte Applikation Edenredoc. Diese Anwendung ist nicht kompatibel mit den bekannten Dateiformaten. Alle bestehenden Dateien auf euren Computern werden in den nächsten Tagen von der IT-Zentrale automatisch in die neuen Formate umgewandelt. Wenn ihr auf die Umwandlung von auf externen Speichermedien befindlichen (arbeitsrelevanten) Dateien Wert legt, wendet Euch bitte während der Bürozeiten an die IT-Zentrale.

Mit freundlichen Grüßen
IT-Zentrale

Sondersitzung des Senats. Die IT-Zentrale ist online zugeschaltet, über Beamer. Sie erklärt mit einem eingesprochenen Text das neue Bürosoftware-Paket GartenEden. Dafür hätte man einen Kompromiss zwischen Benutzerfreundlichkeit und IT-Sicherheit eingehen müssen. Wir werden durch eine Präsentation geführt und dabei gleichzeitig in das neue PowerPoint eingeführt. Es heißt Perat und verwendet das Format Pp†. Auch für Word, Excel und Acrobat gibt es Alternativen:

Pischon → DΩc
Gihon → Xl§
Hiddekel → Pd⚔

Einige Kollegen schauen fassungslos in Richtung Universitätsleitung. Die tut, als sei nichts, lädt aber nach Ende der Präsentation zu Rückfragen ein. Über Chat können diese an die IT-Zentrale gerichtet werden. Thekla fragt, wie sich die IT-Zentrale denn die Kommunikation mit anderen Universitäten vorstelle. Seien denn die neuen Dateiformate kompatibel mit den handelsüblichen? Und wie es mit E-Mail aussehe?

Die IT-Zentrale antwortet schriftlich im Chat. Es gehe zunächst eben genau darum, Kompatibilität zu vermeiden, denn Schadprogramme wünschten sich nichts sehnlicher als Kompatibilität. Die E-Mail-Kommunikation laufe allerdings weiter wie bisher. Wenn unbedingt kompatible Anhänge verschickt werden müssten, stehe bis auf Weiteres der Editor mit dem Format Txt zu Verfügung. Am EdenTor mit dem Format TΩt werde noch gearbeitet.

Nachricht des Leiters der Hausmeisterei an alle Mitglieder des WisAu: Eine umfassende Akteneinsicht habe zutage gefördert, dass in den letzten 95 Jahren, d.h. seit Gründung der Universität im Jahr 1925, keine Schäden an Universitätseigentum durch Biber festgehalten worden seien.

Treffe beim Feierabendspaziergang den Bauern in Elstal. Er holt gerade die Schafe rein. Wenn es so kalt ist, seien die Wölfe noch mehr auf Fastfood aus.

Beim Einkaufen in Ziesang an Blumen gedacht. Wollte auf dem Rückweg nochmal bei Adelheid vorbeischauen.

Die Stationsbetreuerin meint, Adelheid sei gerade nicht da. Sie sei vermutlich wieder ihren Mann besuchen gegangen. Ich lasse die Blumen bei der Pflegerin und bitte sie, Adelheid einen schönen Gruß auszurichten. Und ich nutze die Gelegenheit, um zu fragen, warum ihr Mann nicht mit ihr zusammenwohne. Die Pflegerin klärt mich auf, dass Adelheids Ehemann schon länger verstorben sei und sie ihn auf dem Friedhof besuche – früher mindestens dreimal täglich, morgens mittags abends. In letzter Zeit lasse sie aber den ein oder anderen Besuch sausen und sich stattdessen mit dem Taxi nach Edenred kutschieren.

Auf dem Rückweg schaue ich bei der Raucherkabine vorbei. Ein Rollator guckt daraus hervor. Adelheid Enzig schmökert in einem Büchlein und ist bester Dinge. Ich erzähle ihr von den Blumen. Sie fragt, ob ich das auch alles aufgeschrieben hätte. Ich solle sie bald wieder besuchen – und immer rufen, wenn ich sie draußen sehe. Sie schenkt mir das kleine Buch („Handbuch Töpfern. Formen – Glasieren – Brennen"), umarmt mich fest und schiebt energisch den Rollator los. Ich wünsche ihr noch einen schönen Tag.

„Und Gottes Beistand!" Dabei dreht sie sich zu mir um und hebt den Zeigefinger.

KW7

Beschwere mich bei Godgiven, dass er sich erst nach Verstreichen der Deadline für das verspätete Einreichen des Exposés für die Seminararbeit entschuldigt habe. Ich bekomme prompt eine Antwort:

Sehr geehrter Doktor Marko,

guten Morgen und es tut mir leid, aber meine Beine sind sehr geschwollen und schmerzen. Deswegen konnte ich mich nicht rechtzeitig entschuldigen.

Da der Versand von Fotodateien per Anhang anscheinend nicht mehr möglich ist, erlaube ich mir, für die entsprechenden Nachweise auf WhatsApp zurückzugreifen.

Gott segne Dich

Godgiven

Ich schaue auf mein Handy. Godgiven hat mir diverse Fotos von geschwollenen Füßen geschickt, aus allen möglichen Perspektiven aufgenommen. Ob es Godgivens Füße sind, kann ich natürlich nicht sagen.

Eine ähnliche Antwort bekomme ich von einer Mitstudentin: „Entschuldige bitte, ich konnte die Deadline nicht einhalten, weil ich körperlich sehr gestresst bin. Ich weiß auch nicht, was mit mir falsch ist."

Ein anderer Student aus Bangladesch hat hingegen pünktlich eingereicht. Er wolle über den Genozid in Myanmar schreiben, aufgrund dessen hunderttausende Rohingya nach Bangladesch haben fliehen müssen. Sein Ziel sei es, mit der Seminararbeit eine Lösung für den Konflikt zu finden und der burmesischen Nation Frieden zu bringen.

Letztes Seminar dieses Semesters. Ich frage in die Runde, was die Studierenden in den Semesterferien vorhätten. Ob sie verreisen würden.

Alle müssen arbeiten, um ihre Studiengebühren zu bezahlen und Geld nachhause zu schicken: Godgiven bei dem Schlachtbetrieb Pörksen, andere bei McDonald's, in einer Eierfabrik und bei Amazon. Ein paar, die etwas weniger finanzielle Sorgen zu haben scheinen, arbeiten einfach weiter in ihren Studijobs in der Mensa, bei der Hausmeisterei und an anderen Stellen der Uni. Die sind auch die einzigen, die erwähnen, dass sie versuchen wollen, Seminararbeiten zu schreiben.

Zurück in meinem Apartment finde ich einen offensichtlich unter der Tür durchgeschoben Brief. Von „jemand, die es gut mit Dir meint". Einmal „spiegelt" mir die Verfasserin, dass ich verloren wirke. Und dann spekuliert sie, dass es etwas mit einer fehlenden Lebenspartnerin zu tun haben könnte. Das Ganze endet mit dem Hinweis, dass man mich beim Rauchen auf dem Campus gesehen habe und sie, wiewohl es verboten sei, viel grundsätzlicher der Ansicht sei, dass das der Partnersuche nicht zuträglich sei.

Vor meiner Wohnung hält sich jetzt immer ein Taubenpärchen auf. Hab nachgeguckt: Die heißen Ringeltauben – und bleiben ein Leben lang zusammen. Genauso wie Kraniche. Das sind die riesigen Vögel, die immer geräuschvoll Edenred überfliegen oder als Pärchen auf den Wiesen rumstehen.

KW8

Klausuraufsicht. Bin aufgeregt, habe ich noch nie gemacht. An meinen vorhergehenden Unis hatte ich als Prüfungsleistungen immer nur Seminararbeiten. Thekla weist mich netterweise ein. Fragt mich, ob ich aufschreiben wolle, wer wann wie lange und wie oft Raucherpause mache. Als ich darauf eingehen will, meint sie, ich sei aber leicht zu foppen. Aber im Ernst: Sie habe selbst in den Plastikblumen an der Marienstatue auf dem Weg zu den Toiletten schon Spicker gefunden.

Die Studierenden sind tiefenentspannt, was sich dann auch auf mich überträgt. Prosten sich hinterher mit Wasser zu.

In der letzten Senatssitzung des Semesters wird uns eine neue Kollegin aus Sri Lanka vorgestellt. Sie absolviert den internationalen Freiwilligendienst Youth4Eden in der PR-Abteilung.

Thekla spricht sich dafür aus, für das kommende Semester die neuen Studierenden um Porträtfotos zu bitten. Gerade bei den asiatischen Männern sei es ja sehr schwer, die auseinanderzuhalten. Da wäre es wirklich hilfreich, Bilder zu den Namen zu haben, dass man mal nachgucken könne.

Ich spreche die neue Kollegin nach der Senatssitzung an und frage, wie sie hier gelandet sei. Sie spricht perfekt Deutsch. Und erzählt, dass sie auch nach Heiligengarten, der größten edenistischen Gemeinde in Deutschland, hätte gehen können, aber sie sei hier in der Gegend aufgewachsen. Sage, dass ich es nicht ganz verstünde. Sie sei doch gerade als frisch aus Sri Lanka eingereist vorgestellt worden. Das stimme auch. Ihre Eltern und sie seien vor ein paar Jahren aus Ziesang abgeschoben worden. Youth4Eden habe ihr nun ermöglicht, wieder in ihre Heimat zurückzukehren.

Ich erkundige mich bei ihr, wie sie als Einheimische die Lage in Elbe-Elster einschätze. Gebe es hier viel Rassismus? Sie meint, dass es schon so sei, dass viele Leute Ausländer nicht mögen. Sie verstehe das allerdings nicht, weil es doch gerade in Städten wie Ziesang ziemlich viele davon gebe. Da müsste man doch eigentlich mitbekommen, dass die okay seien.

Die Frau von Godgiven hat mir wieder geschrieben. Godgiven würde es mir selbst niemals sagen, aber sie denke, dass ich es wissen sollte, denn es könne Einfluss auf seine akademischen Leistungen haben. Ihrem Mann gehe es gerade schlecht. Sein jüngstes Kind habe bei einem Kochunfall ziemlich starke Verbrennungen erlitten. Eigentlich habe ihr Mann in den Semesterferien nach Hause kommen wollen, um hier auch gleich sein Praktikum zu absolvieren, aber das Geld für den Flug hätten sie jetzt für die Krankenhauskosten aufwenden müssen. Und wegen Corona seien Reisen gerade auch schwer zu planen.

Ich erfahre, dass es gestern in Hanau einen rassistischen Anschlag gegeben hat. Den Studierenden sage ich immer, dass sie Zeitung lesen sollen, das sei wichtig. Mir selbst würde es vielleicht auch nicht schaden. Gucke auf Facebook nach. Aber nichts. Nur bei Aisha ein „Je suis Hanau".

KW9

Klausuren korrigiert.

Schreibe Godgiven, dass ich den Eindruck habe, es ginge ihm nicht gut und ob er reden möchte. Er schreibt sofort zurück. Wir treffen uns mittags und machen einen Spaziergang durch den Wald. Er erzählt von dem Unfall seines Kindes. Dass er sich schuldig fühle. Er hätte seine Frau nicht alleine lassen sollen mit den drei Kindern. Wegen des landesweiten Corona-Lockdowns sei der tägliche Besuch im Krankenhaus auch schwierig zu bewerkstelligen. Und sehr teuer. Gleichzeitig seien die Lebensmittelpreise in Nigeria stark gestiegen.

Nach Aisha würden die Studierenden das Wohnhaus der deutschen Studierenden nur Hotel Kaiserhof nennen. Das gehe auf eine Studentin zurück, die aus Tanga komme. Das sei nicht weit weg von ihrer Heimat Mombasa, aber auf tansanischer Seite. Dort im Norden Tansanias hätten sich die deutschen Kolonialherren für Empfänge und Feierlichkeiten immer im Hotel Kaiserhof getroffen. Die Urgroßmutter der besagten Studentin habe dort als Putzfrau gearbeitet.

Ansonsten Klausuren fertig korrigiert. Ab morgen kann ich endlich an meinen Artikeln arbeiten. Den DFG-Antrag für ein zweijähriges Postdoc-Stipendium will ich auch unbedingt noch angehen.

Godgiven fragt mich, ob er einen Monat seiner Arbeit bei dem fleischverarbeitenden Betrieb Pörksen als studienbegleitendes Pflichtpraktikum anerkannt bekommen könne. Für seinen Vorgesetzten bei Pörksen spreche nichts dagegen. Wie ich ja wisse, sei es derzeit aufgrund der Corona-Pandemie schwer, an Praktikumsplätze zu kommen und auch von Fernreisen werde abgeraten. Sein anvisiertes Praktikum bei der nigerianischen Botschaft in Ghana habe deswegen nicht zustande kommen können.

Ich schreibe ihm, dass er mir dafür sagen müsse, was er bei Pörksen mache. Es müsse auf jeden Fall ein Bezug zum Studiengang Internationale Beziehungen gegeben sein.

Andacht im Schatten des Kreuzes zum Thema „Fremde werden hintreten und eure Herden weiden, und Ausländer werden eure Ackerleute und Weingärtner sein".

Godgiven schickt mir per WhatsApp zwei Videos. In dem einen geht es um den Zusammenhang zwischen Fleischkonsum und Klimawandel, in dem anderen um die Rolle von Massentierhaltung in der Entstehung von globalen Pandemien. Ich frage zurück, ob es um das Praktikum gehe. Er bejaht. Ich schreibe, dass ich in seinem Fall gerne eine Ausnahme mache, im Praktikumsbericht aber etwas mehr erwarte als kommentarlose Links zu YouTube-Videos. Auch bevorzugte ich für Arbeitsangelegenheiten die Kommunikation per E-Mail. Ansonsten könne er mich auch im Büro telefonisch erreichen.

Keine Lust zu kochen und kleiner Tapetenwechsel kann nicht schaden. Fahre nach Ziesang, aber will irgendwie dann doch nicht alleine ins Restaurant. Der Imbiss am Bahnhof wird es dann: „Rigatoni Döner Broccoli" für 6,50.

KW10

Nachricht von einem Studenten. Er habe von Godgiven gehört, dass ich auch Praktika anerkennen würde, die nicht explizit im Bereich der Internationalen Beziehungen absolviert worden seien. Es sei ihm eine Ehre, mir als Anhang in Pdf-Format seinen Praktikumsbericht zusenden zu dürfen.

Praktikumsbericht McDonald's

Mein einmonatiges studienbegleitendes Fachpraktikum habe ich bei dem internationalen Gastronomieunternehmen McDonald's absolviert.

Motivation für Praktikum & Vorgehen bei der Praktikumssuche

Bei meiner Anreise nach Edenred vom Flughafen in Berlin zu Beginn meines Studiums hatte ich bereits das gelbe M an der Autobahnausfahrt bemerkt. Seitdem ist der Wunsch in mir gereift, dort einmal ein Praktikum zu machen. Wie viele Kinder in meinem Heimatviertel kannte ich McDonald's aus dem Fernsehen. Wir haben alle davon geträumt, eines Tages das KinderMenü zu essen und Ronald McDonald kennenzulernen.

Die tatsächliche Praktikumssuche stellte sich als unkompliziert heraus, da ich schon in den letzten Semesterferien dort als Werkstudent gearbeitet hatte. Den Job hatte ich nur bekommen, weil ich immer wieder den beschwerlichen Weg per Fahrrad auf mich genommen hatte, um nach Arbeit zu fragen. Mein ghanaischer Freund arbeitete zu der Zeit schon dort und sagte mir Bescheid, wenn der Chef anwesend war. Als ich das fünfte Mal vorstellig wurde, hat er gesehen, dass ich wirklich diesen Job wollte und mich genommen.

Unternehmensporträt

McDonald's ist eine der bekanntesten Marken weltweit und setzt

Maßstäbe in Gästeservice und Restauranterlebnis: „Wir erfinden uns jeden Tag neu, um dir frische und beste Produkte zu servieren." McDonald's hat weltweit zigtausend Mitarbeiter. McDonald's ist Marktführer der Gastronomie in Deutschland, obwohl das Unternehmen hier erst seit 1971 präsent ist.

In der Filiale Autobahnkreuz Elsterland sind, mich eingeschlossen, 18 Personen tätig. Die Filiale wird von einem selbständigen Franchise-Partner betrieben. Er betreibt weitere Standorte in u.a. Ziesang-Ost.

<u>Praktikumsstelle und Aufgaben</u>
Nach der zuweilen beschwerlichen Anreise (siehe unten) zog ich mich zunächst um. Um 5:00 fing meine Schicht an. Anfang der Woche musste ich zunächst die neuen Angebote in die Vitrinen am Eingang des Restaurants sowie an der Einfahrtschneise des Drive-Ins hängen. In meiner Zeit waren das zum Beispiel die Schweizer Wochen mit dem McRösti®. Dann habe ich das Restaurant geputzt: Tische, Boden, Theken und Toiletten. Währenddessen wurde ich meist schon in die Küche gerufen, denn um 6:30 haben wir aufgemacht und die ersten Fernfahrer warteten beispielsweise auf ihren McMuffin® Bacon & Egg mit Cappuccino Grande. Über die Abläufe in der Küche darf ich keine Auskünfte geben, denn mein Praktikumsvertrag enthält eine diesbezügliche Verschwiegenheitsklausel. Mittags habe ich eine halbe Stunde Pause gemacht und mich mit meinen Kollegen unterhalten. Die meisten kamen aus Mazedonien und Kroatien. Sie hatten sich im Gegensatz zu mir ihren Einsatzort nicht bewusst ausgesucht, sondern sind über eine Agentur in ihrer Heimat angeheuert worden.

Das Verhältnis zu meinen direkten Vorgesetzten und Kollegen war insgesamt sehr gut. Das lag meiner Einschätzung nach aber auch an meiner Arbeitseinstellung. Mein befreundeter ghanaischer Kollege hatte beispielsweise Schwierigkeiten und geriet immer wieder in Auseinandersetzungen. Eine Mitstudentin aus Vietnam hatte mich aber vorher gewarnt, denn sie konnte einigermaßen gut Deutsch und hatte u.a. ein Gespräch der Store Managers mit dem Chef überhört: Sie wollten nicht mit Afrikanern zusammenarbeiten, sondern lieber mit Asiaten. Afrikaner würden nicht so gut arbeiten. Auch war sie gefragt worden, ob sie weitere Asiatinnen herbringen könne. So hatte ich mir von Anfang an zum Vorsatz gemacht: Wenn Du provoziert wirst, denke einfach nur an Dein Gehalt.

Bewertung des Praktikums: Lernerfahrungen und Herausforderungen

Zu Beginn hatte ich etwas Probleme mit einem meiner direkten Vorgesetzten, d.h. einem Store Manager. Er sprach immer auf Deutsch mit mir, obwohl er wusste, dass ich nur A1 habe. Deswegen habe ich auch ein paar Mal Anweisungen falsch verstanden. Zum Beispiel wollte er einmal, dass ich die Tische abwische, aber ich dachte, ich sollte alles nebst Fenstern putzen. Als ich fast fertig war mit dem Fensterputzen, schrie er mich zusammen. Mein Kollege hat mir später übersetzt, was er gesagt hat: Dass er sich nicht vorstellen könne, dass so was wie ich studieren würde.

Insgesamt war es allerdings ein sehr gutes Praktikum und ich kann mir nach meinem Studium vorstellen, mich auf eine Stelle bei McDonald's zu bewerben. Durch meine Englischkenntnisse könnte ich ein sehr guter Vorgesetzter sein.

Meine Einschätzung ist, dass McDonald's noch viele Möglichkeiten zur Verbesserung hat. Ich sehe auf zwei Ebenen Potenzial: Als Unternehmen insgesamt wäre es sinnvoll, eine wirklich scharfe

Chilisoße ins Sortiment zu nehmen. Des Weiteren wäre es vorteilhaft, wenn die Vorgesetzten Englisch sprechen würden, denn die Mitarbeiter sprechen so gut wie nie Deutsch.

Für den Standort Autobahnkreuz Elsterland sehe ich ebenfalls Entwicklungsmöglichkeiten. Es bedarf beispielsweise eines klareren strategischen Umgangs mit der Tatsache, zwei gänzlich verschiedene Kundenkreise zufrieden stellen zu müssen. Die Autobahnreisenden kommen natürlich von überall her, sprechen oft kein Deutsch und essen auch den McVegan®. Gleichzeitig wird meiner Beobachtung nach der Standort auch viel von der örtlichen Bevölkerung frequentiert. Gerade nach 22 Uhr ist es im Umkreis von 50 Kilometern das einzige Restaurant. Hier könnte überlegt werden, lokale Spezialitäten wie Wildschweinbratwurst oder Fürst-Pückler-Schnitte ins Sortiment aufzunehmen.

Eine große Hürde war für mich der Arbeitsweg. Ich musste noch im Dunkeln morgens mit dem Fahrrad durch den Wald fahren; über die Landstraße war es wegen des Autoverkehrs zu gefährlich. Einmal wurde ich von einer Gruppe von Wildschweinen aufgehalten. Insgesamt dauerten Hin- und Rückweg zwei Stunden. Wenn mehrere Studenten gleichzeitig bei McDonald's Praktikum machen würden, könnte die Universität in Erwägung ziehen, einen Shuttle Service einzurichten.

<u>Fazit</u>
Meine Erwartungen wurden in vollem Umfang erfüllt und ich kann jedem ein Praktikum bei McDonald's empfehlen. Nur sei angemerkt, dass McDonald's die Verpflegungspolitik geändert hat. Kurz vor meinem Arbeitsbeginn war es noch erlaubt, als Angestellter so viel zu verzehren, wie man will. Dies wurde allerdings mittlerweile geändert und auf Verzehr im Wert von 7 Euro gedeckelt.

Der Bezug zum Studium war in vielerlei Hinsicht gegeben. Der Preis des BigMac® erlaubt zum Beispiel den Vergleich von Kaufkraftparität in unterschiedlichen Ländern („Internationale Politische Ökonomie"). Auch ist sicherlich bekannt, dass Länder, in denen McDonald's Filialen hat, keinen Krieg gegeneinander führen („Krieg und Frieden global"). Dass es McDonald's fast überall gibt, ist ein Beweis für die positiven Seiten internationaler Wirtschaftsbeziehungen („Geschichte internationaler Wirtschaftsbeziehungen"). Wobei hier ein Einwurf erlaubt ist: Dass der Kolonialismus immer noch fortwirkt und die Früchte internationaler Wirtschaftsbeziehungen ungleich verteilt sind, ist für mich am deutlichsten darin zu sehen, dass in meinem Heimatland noch immer kein McDonald's eröffnet hat. Hier sehe ich mich in der Verantwortung, zur Entwicklung meiner Heimat beitragen zu können (Stichwort „change agent").

<u>Literaturverzeichnis</u>

McDonald's (2019a). Daten und Fakten zum Unternehmen. https://www.mcdonalds.com/de/de-de/ueber-uns/das-unternehmen.html

McDonald's (2019b). https://www.mcdonalds.com/de/de-de.html

KW11

Rundmail aus der IT-Zentrale mit dem Betreff „!!ACHTUNG: E-Mails von Thekla infiziert!!":

Liebe Kollegen und vor allem Kolleginnen,

insbesondere E-Mail-Adressen von weiblichen Universitätsangehörigen haben gestern eine harmlos aussehende, vermeintlich von Thekla versendete E-Mail erhalten, in denen zum Weltfrauentag gratuliert und darum gebeten wird, die Grußbotschaft im Anhang zu öffnen. Der Anhang sieht für den ungeübten Nutzer wie eine harmlose Txt-Datei aus. Allerdings handelt es sich um einen hinterhältigen Emotet-Angriff in Form eines Links. Bis jetzt (7:23) konnte noch kein Eindringen des Emotet-Virus festgestellt werden.

Damit dies auch so bleibt – und angesichts der Tatsache, dass im Fall von Emotet Fehler interner Nutzer die größte Gefahr darstellen –, sieht sich die IT-Zentrale zu folgender Maßnahme gezwungen: Alle weiblich gelesenen Nutzerkonten verfügen bis zum Abschluss der angezeigten Netzwerk-Segmentierung (Trennung von Client-/Server-/Domain-Controller-Netzen sowie Produktionsnetzen mit jeweils isolierter Administration) nach unterschiedlichen Vertrauenszonen, Anwendungsbereichen etc. nur über die minimal zur Aufgabenerfüllung notwendigen Berechtigungen.

Mit freundlichen Grüßen
IT-Zentrale

Die ganze Woche mit einem Zeitschriftenartikel gequält, dessen Deadline eigentlich schon im Februar war. Habe nun eine Version abgeschickt. Ich habe jetzt schon Angst vor den Gutachten.

KW12
Will mir in der Verwaltung einen Textmarker holen. Da treffe ich Aisha mit frischen Leitz-Ordnern in der Hand. Sie erzählt, dass Thekla gestern was Komisches passiert sei. Die habe ihre Laufuhr bei eBay-Kleinanzeigen reingestellt – da sie immer die gleiche Strecke laufe, mache GPS für sie keinen Sinn. Der Interessent aus Ziesang habe sich massiv verspätet und Thekla dann erklärt, dass er ihre Adresse nicht gefunden habe. Sein Navi habe ihn fälschlicherweise zu dem Asylantenheim geführt; und von den Asylanten habe natürlich niemand Deutsch sprechen und ihm weiterhelfen können.

Als Thekla kapiert habe, dass der vom Studentenwohnheim gesprochen habe, habe sie die Uhr nicht hergegeben und deutliche Worte gefunden. Thekla sei wohl regelrecht laut geworden. Dass er sich zum Teufel scheren solle.

Aisha schüttelt den Kopf. Sie verstehe Theklas Reaktion schon, denn in ihrer Anfangszeit hier habe sie auch nicht mit Geflüchteten in einen Topf geworfen werden wollen. Bis ihr klargeworden sei, dass die oftmals aus gleichen Verhältnissen wie sie selbst kämen – und es sowieso Quatsch sei, zwischen Flüchtlingen und Migranten zu unterscheiden: Alle hätten ihre guten Gründe. Geholfen habe auch, als sich ein paar Monate nach ihrer Ankunft in Edenred eine ehemalige Kommilitonin aus Kenia per Facebook gemeldet habe. Von der habe sie zwei Jahren lang nichts mehr gehört. Und dann die Nachricht, dass sie gerade auf Lampedusa angekommen sei – und ob Aisha Tipps habe, wo sie am besten in Europa Fuß fassen könne.

Godgiven hat seinen Praktikumsbericht geschickt.
Praktikumsbericht Pörksen
Vom 3.02.2020 bis zum 28.02.2020 habe ich ein Praktikum beim fleischverarbeitenden Betrieb Pörksen absolviert.

Motivation für Praktikum & Vorgehen bei der Praktikumssuche

Vor Beginn meines Praktikums war ich bereits seit mehreren Monaten über eine Leiharbeitsfirma bei Pörksen tätig. Ich habe nachmittags immer die Büros, Gänge und Toiletten geputzt; zwischen der Nachmittags- und Abendschicht habe ich anschließend die Schlacht- und Verpackungsräume gewischt. Die Arbeiter und Arbeiterinnen waren immer sehr nett zu mir und in meiner Pause habe ich mich öfter mit einem jungen rumänischen Arbeiter unterhalten, der direkt bei Pörksen angestellt war. Seine Aufgabe war es, Hühner mit den Hälsen in Haken auf ein Förderband zu hängen, um sie für das Schlachten bereitzumachen. Er fragte mich, was ich verdiene und ich sagte „Mindestlohn" (9,45 Euro pro Stunde). Er erzählte mir, dass er 13,15 Euro die Stunde verdiene und sich sowieso frage, warum ich so einen Frauenjob machte: Er könne ein gutes Wort bei der Personalchefin einlegen. Eine weitere Motivation war für mich, dass ich beobachtet hatte, dass direkt bei Pörksen Angestellte zweiwöchentlich Hühnchen bzw. Eier zugesteckt bekamen. Da habe ich dann bei der Agentur gekündigt, mich am nächsten Tag direkt bei Pörksen beworben und wurde auch genommen.

Unternehmensporträt

Pörksen ist ein deutschlandweit tätiges Unternehmen, das sich auf alle Bereiche der Fleischverarbeitung spezialisiert hat – vom Schlachten über das Zerlegen bis zum Verpacken. 60% der Einnahmen werden über Schweinefleisch erzielt, der Rest über Hühner, Puten und Schafe. Am Standort Industriegebiet Ziesang werden nur Schweine und Hühner verarbeitet. Pörksen war ursprünglich ein Familienunternehmen, gehört mittlerweile aber der chinesischen WH Group.

Praktikumsstelle und Aufgaben

Zunächst wurde ich in der Küken-Abteilung eingesetzt. Die Kollegen waren sehr freundlich, aber ich hatte Schwierigkeiten mit der Aufgabe. Die Küken kamen auf einem Förderband an mir vorbei und ich sollte die toten und verletzten Küken aussortieren. Zum einen war der Geruch trotz Maske schwer zu ertragen. Zum anderen hatte ich damit emotional Probleme. Am zweiten Tag ging es schon besser und ich dachte, ich würde es schaffen. Dann musste ich aber an die Diskussion im Seminar Krieg und Frieden global über den Genozid in Ruanda denken – Menschen sind sehr anpassungsfähig und können sich an Brutalität gewöhnen (Evans et al., 2017).

Nachdem ich mich neben dem Förderband übergeben hatte, zog mich die Personalchefin aus dem Bereich ab und wies mich der Verpackungsabteilung zu. Meine Aufgabe war es nun, bereits in Frischhaltefolie eingeschweißte Hühnerteile (von 500g bis 2kg) zu großen Verpackungen von 1x1 Meter zusammenzufügen. Diese Quadratmeter Huhn stapelte ich dann auf Paletten und umwickelte sie mit großer Frischhaltefolie. Von da wurden sie von Gabelstaplerfahrern in LKWs verladen.

Bewertung des Praktikums: Lernerfahrungen und Herausforderungen

Zunächst muss ich erwähnen, dass die Arbeitszeiten mir sehr gut gepasst haben. Meine Schicht war immer von Mitternacht bis 8:30 morgens, inklusive einer halben Stunde Pause. Um 22:30 Uhr bin ich mit dem Fahrrad losgefahren, denn für die 16 Kilometer brauchte ich ca. eine Stunde und ich wollte etwas Puffer haben.

Wenn ich auf der Landstraße wilden Tieren begegnet bin und gewartet habe, bis ich keine Geräusche mehr gehört habe, kam ich etwas in Zeitdruck. Morgens um 8 Uhr dämmerte es dann schon und ich konnte im Hellen zurück nach Edenred fahren. Die Arbeitszeiten bedeuteten für mich, dass ich keine Einschnitte beim Studium machen musste.

Meine Erwartungen an das Praktikum haben sich ansonsten nicht gänzlich erfüllt. Ich musste feststellen, dass mein rumänischer Kollege mir nicht die Wahrheit erzählt hatte. Vielleicht wollte er sich besser fühlen und sich als mir überlegen darstellen. Ich erfuhr, dass mein Lohn weiterhin 9,45 Euro betrug. Uns wurden jedoch tatsächlich alle zwei Wochen entweder zwei Hühnchen oder eine 30er-Palette Eier mitgegeben. Allerdings war es mir unmöglich, die Eier-Palette unbeschadet nach Hause zu transportieren; und mit den beiden am Lenker befestigten Hühnchen über die Landstraße zu fahren, war mir sehr unangenehm (im Rucksack war es mir physisch nicht möglich, denn die Hühnchen waren gefroren). Selbst gegessen habe ich sie nicht, denn die schwammige Konsistenz ist nichts für mich. Aber meine Mitstudenten aus Bangladesch haben sich immer sehr darüber gefreut.

Als Reinigungskraft hatte ich immer alleine gearbeitet. In dem neuen Praktikumsbereich lernte ich nun die Teamarbeit kennen. Ich hatte sieben direkte Kollegen. Zwei Deutsche machten die leichte Arbeit und fuhren die Gabelstapler, die fünf anderen kamen aus Polen und Rumänien. Als ich am ersten Tag nach 8,5 Stunden gehen wollte, sagte mir der eine Pole, dass ich weiterarbeiten solle. Die beiden Deutschen waren schon gegangen und von anderen deutschen Gabelstaplerfahrern abgelöst worden. Ich gab ihm zu verstehen, dass ich nicht länger arbeiten möchte und auch nicht könne, da ich zum Unterricht müsse. Er stellte sich mir in den Weg und meinte, dass ich mich wohl für was Besseres hielte. Hier würden alle mindestens 12 Stunden arbeiten, jede Überstunde würde auch bezahlt werden.

Die Kollegen, die ich zuvor als nett wahrgenommen hatte, stellten sich leider als feindselig heraus – vielleicht, weil ich jetzt nicht mehr von außerhalb kam, von der Agentur, und die gleiche Arbeit wie sie machte. Die polnischen Arbeiter grüßten mich immer mit „murschin". Mit meinem wenigen Deutsch dachte ich, sie würden „Morgen" sagen, was ich seltsam fand, weil meine Schicht spätabends begann. Aber eine deutsche Theologiestudentin erzählte mir, dass es in ihrer Heimat zum Beispiel üblich sei, zu jeder Tages- und Nachtzeit „moin" zu sagen. Ich lernte einen Mann aus Burkina Faso kennen, der schon sehr lange dort arbeitete. Er sprach sogar etwas meine Muttersprache und hat mir sehr geholfen, mich bei Pörksen zurechtzufinden. Er ist Pörksens Spezialist für Halal-Schlachtung. Der erklärte mir dann auch, dass „murschin" Polnisch und das schlimmste Schimpfwort für Schwarze sei. Bei den Rumänen („negru") wusste ich sofort, woran ich war.

Die Kälte in der Halle setzte mir sehr zu. Zwar hatte ich mir gleich zu Beginn Thermounterwäsche gekauft, aber der Frost zog in mich ein. Die anschließende einstündige Fahrt nach Hause erschwerte die Situation weiter. Manchmal kam ich zu spät in den Unterricht, weil ich erst mal eine halbe Stunde heiß duschen musste, um meine Lebensgeister wieder zu wecken. Die Kälte war auch dafür verantwortlich, dass ich eine schmerzhafte Schwellung an den Füßen entwickelte. Ich war deswegen beim Arzt und der riet mir, mit der Arbeit aufzuhören. Ich habe aber weitergemacht, auch weil es ja ein Pflichtpraktikum war.

Fazit

Das Praktikum hat mir Einblicke in eine internationale Arbeitswelt verschafft und ich habe Erfahrungen sammeln können, was es heißt, in einem Team zu arbeiten. Ich habe auch trotz anfänglicher Skepsis ein spezifisches Interesse an der Fleischindustrie entwickelt. In meinem Heimatland ist die industrielle Tierhaltung noch nicht sehr weit fortgeschritten. Ich überlege, nach meiner Rückkehr in diesem Bereich etwas für die internationale Wirtschaftsleistung meines Landes zu leisten. Ich habe zudem in Erfahrung bringen können, dass es für die Entwicklung der Fleischindustrie Kredite über die deutsche Entwicklungsbank KfW gibt. Dabei beschäftigt mich vor allem die Frage, ob es auch möglich ist, westafrikanischen Geschmacks- und Konsistenzvorstellungen großindustriell gerecht werden zu können.

Ich werde Pörksen weiter beruflich verbunden bleiben. Meine Hoffnung ist, in Kürze auch zu lernen, wie man halal schlachtet, da mein Freund aus Burkina Faso bei der Personalchefin ein gutes Wort für mich eingelegt hat. Gerade durch die Zuwanderung aus Syrien und Irak nach Brandenburg wird dieser Bereich für Pörksen immer wichtiger.

Literatur

Evans, B., Wilson, S. M., Thompson, C., Brown, R., Medaglia, M., & Mackenzie, C. (2017). Hannah Arendt & The Banality of Evil. In: Portraits of Violence. An Illustrated History of Radical Thinking. Toronto: Between the Lines, S. 25-35.

Sehr schlecht geschlafen. Mir will nicht aus dem Kopf, dass Godgiven während des Semesters täglich nachts 8 Stunden in einer Fleischfabrik gearbeitet hat. Ich weiß gar nicht, ob er Edenist ist.

Also irgendwas sehr Christliches ist er auf jeden Fall, aber vielleicht auch eine dieser nigerianischen Erweckungskirchen. Frage mich nur wegen der toten Schweine.

KW13

Schreibe Godgiven eine Mail und frage ihn, wie es ihm in den Semesterferien ergehe.

Godgiven meldet sich sofort zurück: Er werde seine beiden Seminararbeiten nicht pünktlich abgeben können. Seine Schichten bei Pörksen hätten sich auf 12 Stunden erhöht. Seiner Vorgesetzten zufolge habe dies mit dem Ostergeschäft zu tun. Dazu kämen – wie ich ja bereits wisse – zwei Stunden Fahrtweg. Und er sei jetzt in die Schweine-Abteilung versetzt worden, was ihm als Edenisten zunächst noch schwerfalle.

Der Student, der seine Seminararbeit zum Genozid in Myanmar schreiben wollte, meldet sich bei mir. Im Anhang schicke er einen Entwurf seiner Arbeit. Er werde auf absehbare Zeit nicht dazu kommen, daran weiterzuarbeiten, es sei etwas dazwischengekommen. Er habe eigentlich nur seine Familie in Bangladesch besuchen wollen, sich aber nach reiflicher Überlegung entschieden, ein Urlaubssemester zu nehmen. Dieses wolle er nutzen, um sich im Widerstand der Rohingya in Myanmar zu engagieren. Für den sei er auch schon vor seinem Studium in Edenred tätig gewesen.

E-Mail von Thekla, dass es wieder eine Straßensperrung auf dem Weg von der Autobahn nach Edenred gebe. Nur zu meiner Information.

Dazu der nächste Praktikumsbericht.

Praktikumsbericht Edeka

Motivation für Praktikum & Vorgehen bei der Praktikumssuche

Ein Mitstudent hatte mir von seiner Tätigkeit bei Edeka in Ziesang erzählt. Er meinte, dass ich da gute Chancen hätte, da der Marktleiter offen für internationale Studierende sei. Und weil ich nicht schlecht Deutsch spräche. Nun habe ich dort bereits meine zweiten Semesterferien verbracht.

Unternehmensporträt

Die Edeka-Gruppe ist mit einem Marktanteil von über 20 Prozent der größte deutsche Supermarktkonzern. Edeka wurde 1895 gegründet und trug anfangs den Namen E.d.K. (Einkaufsgenossenschaft der Kolonialwarenhändler im Halleschen Torbezirk zu Berlin). Nur wenige Supermärkte werden von Edeka selbst geführt; die meisten sind unabhängige Supermärkte, die von selbständig wirtschaftenden Unternehmern betrieben werden. In Deutschland gibt es über 4000 Märkte mit dem Edeka-Schriftzug.

Praktikumsstelle und Aufgaben

Da ich durch meine vorherige Tätigkeit bei Edeka schon eingearbeitet war, konnte ich von Anbeginn des Praktikums an der Kasse arbeiten. Wenn nicht viele Kunden im Laden waren, hat der Filialleiter Kassen geschlossen und mich in andere Bereiche geschickt. Von Entgegennahme der Waren im Lager über Einräumen der Regale bis hin zur Ausgestaltung der Obst- und Gemüseabteilung habe ich alle Arbeitsbereiche von Edeka kennen gelernt. Am meisten Spaß hat mir die Arbeit an der Kasse gemacht, denn da hatte ich immer viel Kundenkontakt.

Bewertung des Praktikums: Lernerfahrungen und Herausforderungen

Ich habe bei Edeka sehr viel gelernt – nicht nur die für den Betrieb eines Supermarktes unerlässlichen Fähigkeiten. Der Kontakt mit den Kunden und Kundinnen lief normalerweise reibungslos bzw. war sogar von großem Interesse mir gegenüber geprägt. Gerade ältere Leute fragten mich, wie ich hieße und wo ich herkäme und sagten mir, dass ich die Arbeit sehr gut machen würde. Einige wollten wirklich viel erzählen. Ein älterer Mann, der jeden Tag vorbeikam, erzählte mir immer wieder von seinen Reisen nach Mosambik und Angola, die er in DDR-Zeiten als Ökonomie-Professor unternommen hatte. Ich hatte den Eindruck, dass er extra für unsere Unterhaltungen einkaufen ging. Die Schlange an der Kasse wuchs immer an, wenn er mit dem Abkassieren an der Reihe war. Er kaufte auch nie viel, immer nur Tagesrationen und immer das Billigste. Viele der Kundinnen und Kunden haben nicht viel Geld. Das Edeka liegt in einem armen Stadtteil Ziesangs. Zuweilen habe ich beim Abkassieren der besonders bedürftig Daherkommenden die Obst- und Gemüsetüten beim Wiegen leicht angehoben.

Ich hatte aber auch unschöne Erlebnisse. Einmal war nur meine Kasse offen und ein Mann kam mit seinem Einkaufswagen. Als er mich erblickte, rief er zu meiner Kollegin, die gerade Regale auffüllte, dass die die andere Kasse aufmachen solle. Er gebe sein Geld keiner Schwarzen. Meine Kollegin hat ihm gesagt, dass ein Mensch ein Mensch sei und dass, wenn er nicht bei mir bezahlen wolle, er herzlich willkommen sei, den Laden auf dem schnellsten Weg zu verlassen. Das hat mich so glücklich gemacht: Dass ich mich nicht entscheiden musste, ob ich das ertrage oder mich wehre, sondern zu wissen, dass meine Kolleginnen und Kollegen für mich einstehen. Dass ich an der Kasse beschimpft wurde, egal ob ich nun etwas falsch gemacht hatte oder nicht, passierte noch mehrere Male. Aber immer sprang mir jemand aus dem Team zu Hilfe, bevor ich mich gezwungen fühlte, alleine zu agieren.

Auch wenn ich mich also auf meine Kollegen verlassen konnte, hatte ich doch immer unterschwellige Angst, dass mich jemand attackieren könnte. Dass dieser Rassismus einen wirklich verrückt werden lassen kann, habe ich insbesondere in einem Moment gemerkt. Da wurde über die Lautsprecheranlage „Frau Schwarz, bitte zu Kasse 3" ausgerufen. Ich fühlte mich sofort angesprochen und eilte zu den Kassen, wo sich aber in dem Moment meine Kollegin Vera in die Kasse 3 zwängte. Da sah ich, dass auf ihrem Namensschild „Vera Schwarz" stand. Als ich beim Umziehen nach der Schicht erzählt habe, welche Verwirrung das in mir ausgelöst hat, haben wir natürlich alle herzlich gelacht.

Enttäuschend war für mich, irgendwann zu erfahren, dass der Marktleiter mir und dem anderen internationalen Studenten weniger Stundenlohn bezahlte als den deutschen Kollegen. Ich hatte darüber gar nicht nachgedacht, sondern war einfach nur glücklich, dass mir jemand ohne große Umschweife einen Job gegeben hatte.

Als ich ihn gefragt habe, ob er mir für meine Tätigkeit im März eine Praktikumsbescheinigung ausstellen könne, hat er mir gesagt, dass er das selbstverständlich gerne tue, ich dafür aber rückwirkend für die Zeit eine Verringerung meines Lohns in Kauf nehmen müsse. Ich habe insgesamt den Eindruck, dass der Filialleiter mit uns Ausländern sehr viel Geld verdient. Wir melden uns nie krank, sondern nehmen dann lieber Schmerzmittel. Und wir arbeiten sehr gewissenhaft. Da niemand von uns raucht, fallen auch die bei den Deutschen üblichen Raucherpausen weg.

Fazit
Die Kollegen und Kolleginnen bei Edeka waren eine rundum positive Erfahrung für mich. Allerdings treibt mich um, dass ich mich anscheinend glücklich schätzen kann, hier einen solchen Job gefunden zu haben. In Tansania würde ich im Traum nicht daran denken, so was zu machen. Deswegen muss ich oft daran denken, dass einige der Absolventen und Absolventinnen der Internationalen Beziehungen auch nach ihrem Studium weiter in Supermärkten in Deutschland arbeiten.

Literaturverzeichnis
https://www.edeka.de

Gesundheitstag in Edenred. Alle Universitätsangehörigen sind eingeladen, an den diversen Aktivitäten im Gemeindezentrum teilzunehmen: Rückenschule, Lungenvolumen testen, Fitness-, Fett- und BMI-Test. Schneide bei dem Lungentest sehr schlecht ab. Die Standbetreuerin erzählt von möglichen Beeinträchtigungen, traut sich aber entweder nicht zu sagen, dass Rauchen ein Faktor sein könnte, oder zieht die Option nicht in Erwägung. Nach meinem Blutdrucktest bekomme ich eine Zeckenkarte geschenkt. Im anschließenden Fitnesstest schließe ich dann so gut ab, dass die Standbetreuerin die Lungenvolumenfrau herbeiruft: „Guck mal, unsere letzte Testperson und die ist die fitteste!" Fühlt sich gut an, auch wenn ich weiß, dass meine Konkurrenz unter anderem aus Senioren aus Gnessenow bestand, die extra mit einem Reisebus angekarrt worden sind.

Treffe Aisha auf dem Rückweg vom Gemeindezentrum. Sie habe bei der Rückenschule mitgemacht. War aber eher an älteren Menschen ausgerichtet. Der Rücken mache ihr schon lange zu schaffen und sie sei deswegen auch schon beim Arzt gewesen. Erst sei sie enttäuscht gewesen, dass sie keine Medikamente bekommen habe. Aber nun mache sie regelmäßig die stattdessen verschriebenen Übungen. Sie hätte eigentlich auch Einlagen bekommen sollen, aber ihre Auslandskrankenkasse zahle ihr keine. Ich dachte immer, sie habe eine richtige Stelle, aber es ist nur ein Werkvertrag. Nicht sozialversicherungspflichtig.

Freitagabend und ich merke, dass ich außer Konserven nichts mehr zu essen habe. Unter Google Maps „Essen & Trinken" wird mir zu der Uhrzeit lediglich der Imbiss „Nur Grillen im Kopf" in Zimskau angezeigt. Motto: „Qualität ist kein Zufall".

Es war spät und gab nur noch Döner ohne Salat.

An den Wänden in hellblaues Licht getaucht Zeitungsmeldungen von den Geburtstagen des Ladens. Zum 6. Geburtstag schneidet der Bürgermeister von Zimskau einen Kuchen in Form einer Sechs mit einem Dönermesser an. Zum 10. Geburtstag das gleiche Szenario. Und auch der Bürgermeister ist der gleiche. In dem einen Artikel lobt er insbesondere die Sauberkeit des Dönerladens. Er wird damit zitiert, dass er schon viele Döner in seinem Leben gegessen habe, der Döner vom „Nur Grillen im Kopf" aber immer noch der beste sei.

Nehm dann einen anderen Weg zurück nach Edenred. Da fällt mir ein, dass Thekla mich vor der Baustelle gewarnt hatte. Aber zu so später Stunde sollte da keine Polizei mehr Wache halten.

Als ich dann im Schritttempo durch die Baustelle fahre, kommt ein Mann in Jogginghose aus dem angrenzenden Haus und gestikuliert. Er will mir offensichtlich zu verstehen geben, dass ich da nicht durchfahren dürfe. Weiter unten in der Baustelle sind die rot-weißen Barrikaden der Baustelle über die Straße gezogen. Muss aussteigen, um mir die Straße frei zu machen. Als ich wieder einsteige und losfahre, sehe ich im Rückspiegel, dass die Jogginghose mir hinterhergekommen ist und fast mein Auto erreicht hatte.

Heute dann kleiner Spaziergang über den Campus und an der Else entlang. Kein Mensch weit und breit. Die Else hat meines Erachtens Wasser verloren, ist nur noch halb so tief wie zu Beginn der Semesterferien. Vielleicht hat der Biber oberhalb von Edenred gestaut. Als ich auf dem Weg Richtung Elstal kehrtmache, kreuzt ein einsames Reh meinen Weg.

Auf der Höhe meiner Wohnung will ich schon den Uferweg verlassen, als ich eine Wasserratte am anderen Ufer grasen sehe. Ein untergehaktes Menschenpaar kommt mir entgegen. Ich kenne die beiden nur vom Sehen (ich meine, sie arbeitet in der Verwaltung), lege meinen Zeigefinger lautstark an den Mund und gebe zu verstehen, dass da was zu beobachten ist. Sie verstehen nicht und wünschen mir mit fester Stimme einen gesegneten Abend. Als ich danach wieder nach dem Tier gucke, ist es verschwunden.

KW14

Hatte vor dem Wochenende die Begonie, die aus Theklas Ableger entstanden ist, in einen großen Topf umgesetzt. Den hatte ich dann zum Frische-Luft-Schnappen vor mein Fenster gestellt. Nun ist die Pflanze weg!

Die IT-Zentrale ist wieder auf der Pirsch nach Fremdgeräten, die sich ins Universitätsnetz eingenistet haben. Sie schreibt, dass sie leider wieder einmal einem privaten Router, der für Störungen im Universitätsnetz gesorgt hatte, den Garaus habe machen müssen. Diese Form der Detektivarbeit sei höchst zeitintensiv und technisch nicht unaufwändig. Die IT-Zentrale könne ihre Arbeitszeit auch sinnvoller einsetzen, als Regelbrechern hinterher zu rennen.

Über meinem Fenster baut ein kleiner Vogel sein Nest, glaube ich. Zumindest beschwert der sich immer lautstark, wenn ich das Fenster öffne, und trippelt dann davor hin und her. Das würde auch erklären, warum der Fenstersims immer zugekackt ist und ich regelmäßig Moos und Gräser wegfegen muss.

Meine ersten beiden Seminararbeiten korrigiert. Godgiven hat seine eine Arbeit doch pünktlich eingereicht. Er hat über den Zusammenhang von Bevölkerungswachstum und internationaler Wettbewerbsfähigkeit geschrieben. Sein Fazit: Leute in Entwicklungsländern sollten weniger Kinder bekommen. Damit sei allen geholfen. Unterlasse es, ihn in meiner schriftlichen Bewertung zu fragen, ob er sich da miteinbeziehe. Immerhin hat er drei. Komme erst, nachdem ich die ganze Arbeit gelesen und bewertet habe, auf die Idee, sie mal durch so einen Online-Plagiats-Detektor zu jagen. Hätte mir Lektüre und Kommentierung sparen können, denn der Hauptteil der Arbeit ist leider einem Arbeitspapier eines ominösen Berliner Instituts für Bevölkerung und Entwicklung entnommen.

Schreibe Godgiven, dass er Dienstag zur Seminararbeitsbesprechung in mein Büro kommen möge und dass ich leider ein Plagiat festgestellt habe.

Klausurtagung der Lehrenden der Universität Edenred. Der Pfarrer von Edenred spricht zu Beginn ein paar Worte. Er empfinde tiefe Dankbarkeit, dass wir mehr tun würden als in unserem Arbeitsvertrag stünde. Damit aus zarten Pflänzchen kräftige Bäume werden, brauche es unermüdliches Gießen und Düngen, aber auch den einen oder anderen beherzten Baumschnitt. Dann gibt es lange Diskussionen über die Frage, wie attraktiv Edenred eigentlich für Studierende ist. Eine Kollegin wirft ein, dass wir uns mehr wie Oxford verkaufen sollten, also als kleinen Ort mit viel Grün, an dem man sich gut auf sein Studium konzentrieren könne. Und es stelle sich die Frage, was das Studieren in einem edenistischen Kontext eigentlich ausmache. So ist dem für Internationale Gesundheitspolitik zuständigen Kollegen weiterhin unklar, was der Unterschied zwischen einer edenistischen und einer säkularen Katheterisierung sei.

In Edenred ist noch keine Corona-Panik ausgebrochen. Vielleicht sollte Kontaktbeschränkung als Alleinstellungsmerkmal vermarktet werden. Fast alle gehen ihren Tätigkeiten in ihrem Wohn- oder Nachbarort nach – Lehre, belehrt werden, Pflege, gepflegt werden, Verwaltung, verwaltet werden.

Habe meine Pflanze im Bibelgarten entdeckt. Hinter dem Schild „Der Herr ist mein Gärtner" und neben dem Steinkreuz. Kurze Recherche zu Bibelgärten: Voraussetzung für die Aufnahme ist Erwähnung in der Bibel. Es sind nur ca. 100 Pflanzen, die Aufenthaltsrecht genießen – und die Begonie gehört, soweit ich das sehen kann, nicht dazu.

Andacht im Schatten des Kreuzes mit dem Motto „Diese Krankheit ist nicht zum Tode, sondern zur Verherrlichung Gottes, dass der Sohn Gottes dadurch verherrlicht werde."

Ich war etwas zu optimistisch, was die Isolation Edenreds angeht, und hatte vergessen, dass die Studenten ja außerhalb arbeiten. So kennt der Flurfunk heute nur eine Nachricht: Drei Studenten mit Verdacht auf Corona in Quarantäne! Erfahre, dass einer von ihnen Godgiven ist. Sie seien nach Schichtende bei Pörksen nach Hause geradelt und hätten bei ihrer Ankunft in Edenred per E-Mail erfahren, dass in der Nachmittagsschicht 164 Kollegen positiv getestet worden seien. Sie seien angewiesen worden, sich sofort in Quarantäne zu begeben. Die Universität habe sie daraufhin in Einzelzimmer umquartiert.

Edenisten glauben ja, dass die Öffnung des Garten Edens unmittelbar bevorsteht. Wobei präzise Daten, wie gesagt, nicht mehr genannt werden, nachdem es entsprechende Enttäuschungen gegeben hat. Seitdem sagt man: Gleich wird aufgemacht, kann jederzeit passieren, halt dich einfach bereit. Vom Prinzip her wie die Überraschungstests aus meiner Schulzeit – vielleicht auch vom Effekt: Die einen sind immer vorbereitet, die anderen halten den Dauerstress für eine Zumutung und machen gar nichts mehr.

Die IT-Zentrale geht eher vom bevorstehenden Jüngsten Gericht aus:

Um es für den Laien verständlich zu machen: Ein Virus hat sich über einen Universitätscomputer einen VPN-Tunnel in die Universität gegraben. Unser Netzwerk steht kurz vor dem Abgrund!

Heute ist Jahresfeier der Uni. Jemand Ehemaliges aus der Universitätsleitung hält eine Rede und bemerkt, dass die Bäume an der Else jedes Jahr weniger zu werden scheinen. Und fragt die Studierenden, wie sie sich entscheiden werden: Ob sie unbequeme Ketzer sein oder nach dem Studium die Tage bis zur Rente zählen werden?

Nach der Feier gibt es alkoholfreien Sekt in knallendem Sonnenschein. Thekla tritt zu mir. Sie habe bemerkt, dass die Begonie wieder vor meinem Apartment stehe. Sie hoffe, dass ich nicht sauer sei; sie habe versäumt, mir Bescheid zu geben. Die Pflanze sei ihr etwas kraftlos und verloren vorgekommen. Da habe sie sie kurzerhand in den Bibelgarten integriert.

Ich frage, warum sie der nicht einfach etwas Wasser gegeben habe. Das hätte doch auch genügt. Thekla zieht schalkhaft die Augenbrauen hoch: „Bibelgärten sind halt keine rein botanischen Gärten. Sie sind da, um das Wort Gottes lebendig werden zu lassen."

KW15

Die Mensa lädt von 7:15 bis 8:00 zum gratis Semestereröffnungsfrühstück. Es gibt z.B. Corny zuckerfrei, all-you-can-eat.

Godgiven ist positiv getestet worden und seine beiden Kommilitonen haben Symptome. Aisha findet, dass Geschmacksverlust bei unserer Mensa von Vorteil ist.

Erste Sitzung mit den neuen Studierenden, die zum Sommersemester beginnen. Alle wirklich supernett. Ich frage in die Runde, wovor sie Angst haben, wenn sie an ihr Studium hier denken. „Widrige Wetterverhältnisse!" Ich verspreche, ihnen Schlittschuhlaufen beizubringen, falls die Else zufrieren sollte. Aber erst mal sei ja noch Frühling und dann komme noch Sommer und Herbst.

Godgiven schreibt, dass er heute nicht zur Besprechung seiner Arbeit kommen könne. Er sei in Quarantäne, und zudem müsse er sich erst noch mit seinen Anwälten beraten. Ohne die hätte er keine Chance gegen mich. Ich sage ihm, dass er sich keine Sorgen machen solle, er könne die Arbeit einfach nochmal neu schreiben. Und dass ich ihm alles Gute wünsche und er Bescheid sagen solle, wenn er irgendwelche Unterstützung brauche. Meine Handynummer habe er ja.

Die PR-Abteilung gibt eine Pressemitteilung heraus, wonach die vom Land Brandenburg erlassenen Hygienevorschriften in Edenred penibel eingehalten worden seien. Der Corona-Ausbruch sei auf einige internationale Studierende zurückzuführen, die während der Semesterferien bei dem regionalen Fleischverarbeitungsunternehmen Pörksen gearbeitet hätten.

Ich mache mir Gedanken über die Leute im Gnessenower Altersheim – und insbesondere meine Freundin Adelheid. Auch ist Abstandhalten und Händewaschen in der Demenzabteilung bestimmt schwer durchzusetzen.

Studiengangssitzung. Der Edenreder Pfarrer eröffnet: „Wir möchten ein Wort der Besinnung voranstellen … Wirken Gottes und des Menschen gehen Hand in Hand … mit Gelassenheit die Dinge geschehen lassen … im Bewusstsein, dass Gott bei uns ist … Zuversicht, dass Gott uns beistehen wird …"

Frage mich, ob diese Geisteshaltung vielleicht der Grund ist, dass ich bis jetzt nur eine Handvoll Seminararbeiten erhalten habe.

Nachricht von der Universitätsleitung, dass morgen aufgrund eines Kettcar-Rennens die Hauptstraße in Gnessenow auf Höhe des Dorfteichs zwischen 15:30 und 16:00 gesperrt sei und darum gebeten werde, entsprechende Vorkehrungen zu treffen. Übersetzt heißt das Vollsperrung für gesamt Ost-Gnessenow. Da muss beispielsweise Adelheid durch, wenn sie ihren Mann auf dem Friedhof besuchen will. Vielleicht fällt ihr Rollator unter den Kettcars aber nicht auf.

Der kleine Vogel ist wirklich sehr nervös, bleibt immer beim Anflug auf sein Nest in der Luft stehen (wie ein Tänzeln im Flug), wenn ich mich auch nur in Richtung Fensterscheibe bewege.

Eintrag in der Facebook-Gruppe „Garten Edenred":

Der heutige Gottesdienst war wie immer ein Genuss. Aber ist es unbedingt notwendig, dass die Hälfte der Studenten während des Gottesdienstes mit ihren Telefonen rumspielen?

Gestern Abend bin ich ziemlich spät nochmal los zu McDonald's. Das Auto wollte erst nicht anspringen. Und ich hätte beim Ortsschild fast einen Igel überfahren. Auf der ganzen Fahrt ist mir niemand begegnet. Nur im Drive-In stand ein Auto. Es bewegte und bewegte sich nicht. Hab mich schon gewundert, aber die Zeit genutzt, meine Bestellung im Kopf zu erweitern. Als ich dann endlich an der Reihe war, kam aus dem Bestellmikro keine Reaktion. Hab minutenlang gewartet und bin dann raus und einmal ums Gebäude rum. Keine Menschenseele. Ich hätte echt heulen können.

KW16

Heute Morgen gegen 3:30 ist Adelheid aus dem Gnessenower Altersheim ausgebüxt. Große Suchaktion in allen umliegenden Dörfern. Ich erfahre es von Thekla, als ich mir bei ihr Tee holen will. Vor ein paar Jahren sei schon mal jemand verschwunden. Die Leiche hätten dann Kinder Wochen später beim Spielen im Wald entdeckt. Alle seien gerade am Suchen: Studierende auf Fahrrädern, Polizei zu Fuß und im Streifenwagen. Und ob ich mich nicht gewundert hätte, was der Hubschrauber den ganzen Vormittag über der Gegend gemacht habe.

Sogar in der Online-Ausgabe vom „Elbster Anzeiger" wird unter „Aktuelles" von der Suchaktion berichtet. Ich schwinge mich auf mein Rad, um die mir bekannten Waldwege abzufahren. Gucke auch in einigen Hochsitzen nach.

Mittags dann Entwarnung:

Liebe MitarbeiterInnen und Studierende,

Adelheid Enzig wurde gesund gefunden. Vielen Dank für Eure Unterstützung. Jeder, der bei der Suche dabei war, kann sich im Büro der Universitätsleitung eine Tafel Schokolade abholen.

Um 5:20 aufgewacht. Vom Traum, dass ich einen Pickel am Po habe. Der Traum dauerte im Dämmerzustand fort. Dachte auf einmal, dass es eine Zecke sein könnte. Fühlte sich sehr so an, wie sich sowas anfühlen könnte, noch fremdkörperartiger als ein Pickel. Hab mir eine Hose übergezogen und bin barfuß und im Halbschlaf zum Büro gelaufen. Dort die Zeckenkarte in der Papiertüte mit den Fitness-Tag-Gadgets gefunden. Habe es irgendwie geschafft, mich so zu verrenken, dass ich die Zecke aus mir rausziehen konnte.

Lese, dass es 800 Zeckenarten gibt, die wahre Überlebenskünstler sind und zwei Jahre ohne Nahrung auskommen können. 94 Prozent ihrer Lebenszeit warten sie auf die nächste Mahlzeit. Rechne durch und stelle fest, dass Menschen bei angenommenen 30 Minuten reiner Esszeit pro Tag auf 98 Prozent Wartezeit kommen.

Zecken halten nach Aussage des Internets unser Immunsystem auf Trab, denn unsere Körper müssen auf die dadurch in den Körper gelangenden Bakterien und Viren irgendwie reagieren. War also vielleicht doch nicht zufällig, dass ich die Zeckenkarte beim Gesundheitscheck geschenkt bekommen habe.

Thekla erzählt, dass sie gestern auch mitgesucht habe. Das habe ihr gutgetan. Sie sei total durch den Wind; ihr Sohn und Mann hätten sich total gestritten.

Adelheid hatte wohl eine Auseinandersetzung mit einer Pflegerin gehabt. Sie wollte spätnachts nochmal zu ihrem Mann. Als ihr das verwehrt worden war, muss sie sich irgendwie den Weg nach draußen gebahnt haben. Bei der Morgenvisite um 6 Uhr war sie zumindest nicht auf ihrem Zimmer gewesen. Gefunden hat sie ein Student, und zwar auf der Bank vor dem Dorfteich Gnessenow, auf der sie immer mit ihrem Mann gesessen hatte. Wo sie die Zeit von ihrer Flucht bis 15 Uhr verbracht hat, ist nicht zu rekonstruieren.

Godgiven schickt mir per WhatsApp eine ewig lange Sprachnachricht. Er und die Kommilitonen, die auch bei Pörksen tätig waren, hätten einen Brief von Thekla erhalten. Er habe mir das nicht erzählen wollen, aber seine Kommilitonen hätten ihn gedrängt. Sie wollten in Erfahrung bringen, ob Thekla wirklich im Namen der Lehrenden spreche. Sie machten sich nämlich Sorgen um ihren weiteren Studienverlauf und damit Aufenthalt. Godgiven beteuert mehrfach, dass sie sich die Arbeit ja nicht ausgesucht hätten; mit irgendwas müssten sie doch ihre Studiengebühren bezahlen. Erst am Ende rückt er damit raus, worum es geht: Thekla habe ihnen deutlich gemacht, dass sie es nicht verstehe, wie sie als Edenisten in einer Schweinefleischfabrik hätten arbeiten können. Da könne es nicht verwundern, dass Corona so seinen Weg nach Edenred gefunden habe.

KW17

Alles wird auf online umgestellt. Die IT-Zentrale hat dafür ein eigenes Programm erstellt – EdenVision –, auf das man allerdings nur vom Universitätsnetz aus zugreifen kann. Das heißt auch, dass wir bis auf Weiteres keine Videokonferenzen oder öffentlichen Online-Veranstaltungen mit Externen machen können.

Der erste Video-Unterricht heute lief ganz gut. Und dass die heutigen Studierenden das Chatten von kleinauf gewöhnt sind, macht sich bezahlt. Wir diskutieren, ob Konflikte per se gut oder schlecht sind. EdenVision hat eine wirklich passable Chatfunktion, sogar mit Smileys.

Godgiven war auch dabei aus seinem Quarantäne-Zimmer und hat die Situation genutzt, um einen Appell an seine Landsleute zu richten. Ob gut oder schlecht, in jedem Fall müsse man Konflikte nicht herbeireden: Seiner Ansicht nach tratschten die nigerianischen Studenten zu viel und würden beispielsweise Infos darüber, wer mit wem hier anbändelt, bis nach Nigeria streuen.

Ein weiterer Praktikumsbericht erreicht meinen Posteingang:

Kombinierter Praktikumsbericht Lanzenhagen – UPS – Eierfabrik

Mein einmonatiges Pflichtpraktikum für den Studiengang Internationale Beziehungen habe ich bei der Leiharbeitsfirma Lanzenhagen im März absolviert. In diesem Kontext habe ich Einblicke in zwei Unternehmen erhalten dürfen: UPS und die Eierfabrik Leggut.

Motivation für Praktikum & Vorgehen bei der Praktikumssuche

Da ich schon bei Lanzenhagen beschäftigt war, musste ich mich nicht erst um eine Praktikumsstelle bemühen. Um ganz ehrlich zu sein: Meine Motivation war vor allem, Geld zu verdienen, denn meine Schulden für Studiengebühren und die Bitten der Mutter meiner Tochter lassen mir keine andere Wahl.

Unternehmensporträt

Die Firma Lanzenhagen vermittelt Jobs in allen möglichen Bereichen. Viele Flüchtlinge und internationale Studenten sind bei ihr angestellt. Es sieht für mich aus, als hätten sie sich auf diese Klientel konzentriert.

Praktikumsstelle und Aufgaben

Zu Beginn meiner Praktikumszeit hatte ich bereits einen Monat bei UPS gearbeitet. Meine Aufgabe war es, im Verteilzentrum Ziesang-Süd die bis zu 35 kg schweren Pakete vom Lieferband in die bereitstehenden Lastwagen zu tragen. Vorher hatte ich sie noch zu scannen. Die Maschinen hielten nie an; ich hatte nicht mal Zeit, zwischendurch einen Schluck Wasser zu mir zu nehmen. Ich hatte so gut wie keinen Kontakt zu Kollegen. Nur mein Vorarbeiter kam manchmal vorbei. Alles, was er dann sagte, war „Afrika! Afrika!" und dann machte er eine Geste, die wohl heißen sollte, dass ich sehr stark und er mit meiner Arbeit zufrieden sei.

Mitte März wurde mir spätabends telefonisch mitgeteilt, dass ich am nächsten Morgen nicht bei UPS sondern bei der Eierfabrik Leggut vorstellig werden solle. Mein Arbeitsweg erhöhte sich dadurch von 13 Kilometern auf 18 Kilometer mit dem Rad, denn Leggut hat seinen Sitz auf der anderen Seite von Ziesang im Industriegebiet.

Bewertung des Praktikums: Lernerfahrungen und Herausforderungen

Ich habe gelernt, dass es immer noch schwerere Arbeit gibt als man denkt. Vorher dachte ich, dass wir in Afrika schwer arbeiten – und das tun wir natürlich auch. Aber hier ist es nochmal was Anderes: Die Maschinen sind nämlich nicht da, um deine Arbeit leichter zu machen. Ganz im Gegenteil, sie machen die Arbeit nur noch schwerer – wobei das nicht für alle gilt. Bei UPS gab es auch einige, die die Gabelstapler fuhren und im Kontrollraum die Scangeräte und Lieferbänder überwachten. Das waren aber vor allem Deutsche.

Ich war also überzeugt, dass es keine schwerere Arbeit als die bei UPS geben könnte. Durch meine Versetzung zu Leggut wurde ich eines Besseren belehrt. Ich hatte nun zwar Kontakt mit Kollegen – wir saßen zu Dutzenden an den Förderbändern und haben Eier entweder in 12er oder 30er Kartons sortiert. Aber ich war der einzige Ausländer bzw. der einzige mit einer anderen Hautfarbe. Niemand hat mit mir gesprochen. Im Pausenraum blieb ich immer allein. Als ich am ersten Tag noch nicht genau wusste, wie das Stapeln der gefüllten Eierpaletten ging und auf die unverständliche, weil auf Deutsch formulierte Anweisung eines Vorarbeiters „Ja, ja" geantwortet habe, hatte ich meinen Spitznamen weg. „Jaja" wurde mir von da an zugeraunt, wenn ich durch die Fabrikhalle lief. Ich habe die feindselige Stimmung nur ausgehalten, indem ich die ganze Zeit an das Geld dachte, dass ich dabei war zu verdienen.

<u>Fazit</u>

Meine Zeit bei Lanzenhagen ist gottseidank zu Ende. Über den Kontakt eines Kommilitonen habe ich eine direkte Anstellung bei Pörksen bekommen können. Dort muss ich lebendige von toten Küken trennen. Das ist natürlich kein Traumjob, aber die Kollegen sind nett zu mir.

Sollte ich eines Tages mal einen wichtigen Posten in meinem Land bekommen, werde ich mich dafür einsetzen, dass die jungen Menschen nur noch mit Stipendien nach Europa gehen. Denn so wie ich gearbeitet habe, soll niemand arbeiten müssen. Wenn ich an die Arbeit an dem Eiersortierband denke, flimmern mir jetzt noch die Augen.

Grinsend kommt Aisha im Park auf mich zu. Sie fragt, ob ich schon die neueste Top-Story von Godgiven gehört hätte. Der habe eine unschöne Begegnung mit der IT-Zentrale gehabt. Er habe diese gebeten, ein Update auf sein Handy zu spielen, weil er in Quarantäne darauf angewiesen sei. Dabei habe er aber versäumt, vorher Grindr zu deinstallieren. Die IT-Zentrale habe ihm mitgeteilt, dass sie aufgrund virenanfälliger Applikationen das Handy mit sofortiger Wirkung vom Universitätsnetz verbannt hätten.

Aisha fragt mich, warum ich so ungläubig gucke. Ich meine, dass Godgiven doch Frau und Kinder habe. Aisha erklärt, dass einige Studierende Dating-Portale nutzten, um sich nach Ehepartnern oder Ehepartnerinnen umzusehen. So könnten sie längerfristig in Deutschland bleiben. Bei homosexuellen Verbindungen gebe es weniger Rückfragen von den Behörden und auch weniger Eifersucht der daheimgebliebenen Partner bzw. Partnerinnen.

Und apropos Dating-Portale. Das sei in Gegenden wie dieser hier unabdingbar. Selbst Thekla habe nach dem frühen Tod ihres ersten Mannes eine christliche Singlebörse genutzt. Über chringles.de habe sie ihren jetzigen Ehemann kennen gelernt.

Alle Euphorie war blitzartig weg, Aisha wurde ganz still und guckte bestürzt. Ich musste ihr versprechen, dass ich das letzte nicht weitersage. Sonst käme sie in Teufels Küche. Am besten solle ich es sofort vergessen. Sie fühle sich sehr schlecht, sich so zu verhalten – ihr werde gerade irgendwie auch übel. Nach allem, was Thekla für sie getan habe. Die ständige Gerüchteküche hier in Edenred sei eigentlich auch überhaupt nicht nach ihrem Geschmack.

Habe jetzt eine Gartenbank vorm Fenster. Beim Spazieren in einem leicht vernachlässigten Schrebergarten entdeckt. Bin immer wieder vorbei, bis ich die Besitzerin angetroffen habe: Sie gebe sie mir gerne, sie nutze sie ansonsten für Andachten mit ihrer Familie. Nun kann ich morgens aus meinem Fenster klettern, mich mit Kaffee in die Sonne setzen und den vorbeiziehenden Edenredern zunicken.

Bei meiner abendlichen Radrunde entlang der Landstraße raus sehe ich rechts auf dem Feld diese junge unbedarfte Katze. Sie nähert sich einem Fuchs. Der bemerkt mich und nimmt mit großen Sätzen Reißaus. Denke, dass die Jungkatze jetzt ggf. größenwahnsinnig werden könnte, wenn sie denkt, sie habe den Fuchs vertrieben.

EdenVision macht einen nicht zu einem besseren Menschen. Sich die ganze Zeit selbst zu sehen in einem dieser Fenster. Quasi 1,5 Stunden vor einem Spiegel. Fühle mich danach entweder sehr hässlich oder sehr schön, in jedem Fall nicht in mir ruhend.

Treffe den Studenten im Kopierraum, der bei McDonald's gearbeitet und darüber den Praktikumsbericht verfasst hat. Wir beide natürlich mit Maske. Ich frage ihn, wie es bei McDonald's laufe. Er erzählt, dass alle Internationalen ihren Job bei McDonald's leider verloren hätten. Nach den ersten Corona-Fällen im Landkreis sei vor allem die vietnamesische Studentin mehrfach von Kunden auf den China-Virus angesprochen worden. Einige hätten nicht von ihr bedient werden wollen. Der Store Manager habe sie – zu ihrem eigenen Schutz, wie er sagte – in den Küchenbereich versetzt. Aber auch da hätten Kunden sie noch sehen können. Zumindest habe es immer wieder feindselige Blicke gegeben und er habe mitgehört, wie der Store Manager gegenüber dem Chef von ihr als nicht mehr tragbar gesprochen habe. Kurz darauf habe man allen Nicht-Weißen mitgeteilt, dass ihr Vertrag aufgrund sinkenden Umsatzes nicht verlängert werden könne.

Mir juckt es im letzten Seminar des Tages auf einmal am Unterrücken. Taste an mir herum. Fühlt sich stark nach Zecke an. Kann mich überhaupt nicht mehr auf den Unterricht konzentrieren, weil ich mich frage, wie ich die loswerden kann.

Thekla ist noch in ihrem Büro. Ist mir sehr unangenehm, aber man hat nur 8-12 Stunden Zeit, bis so eine Zecke anfängt, Gehirnhautentzündung zu verursachen. Es kommt mir wie ein Segen vor, dass ich die Corona-Maske aufbehalten muss. So fühlt man sich doch deutlich weniger anderen Menschen ausgesetzt. Thekla ist sich zunächst unsicher, schafft es mithilfe meiner Zeckenkarte aber im Handumdrehen und ist dann ganz hochgestimmt: „Eigentlich ist ja die IT-Zentrale für Schadprogramme zuständig!"

Ich erzähle ihr noch, dass die bei Pörksen tätigen Studierenden sich Sorgen machten, jetzt zu Sündenböcken für den Corona-Ausbruch in Edenred gemacht zu werden. Thekla lacht kurz auf: Das sei doch nicht deren Schuld, irgendwo müssten sie ja ihr Geld verdienen. Als ich zur Tür gehe, fragt sie mich völlig unvermittelt, ob ich eigentlich zufrieden sei so ganz ohne Partnerschaft.

Ich bekomme eine E-Mail von Thekla.

Lieber Marko,

entschuldige, falls ich Dir gestern zu nahe getreten sein sollte. Ich hoffe, Du hast mich nicht so verstanden, dass nur Partnerschaft und Ehe erstrebenswert seien. Paulus hat seinen Freunden (hier verwende ich bewusst die männliche Form) zum Beispiel Folgendes geraten:

„Ich möchte, dass ihr frei seid von ‚unnötigen' Sorgen. Wenn ein Mann ledig ist, gilt seine ganze Sorge der Sache des Herrn; er bemüht sich, so zu leben, dass der Herr Freude daran hat." (1. Kor 7, 32)

Gott hat Freude daran, wenn jemand sich aus freien Stücken dazu entscheidet, Single zu bleiben. Die Bibel erzählt viele Geschichten vom erfüllten Leben bewundernswerter Singles: z.B. Elias, Jeremias, Johannes der Täufer, und Apostel Paulus. Auch Jesus hat sein Leben hier auf der Erde als lediger Mann gelebt.

HG
Thekla

KW18

Merke, dass sich für mich nicht viel ändert durch Corona. Vielleicht so wie für ganz Edenred. Nur dass die Isolation nun nicht mehr frei gewählt wirkt. Aber mein eigenbrötlerisches Leben hier wird nun als besondere Rücksichtname anerkannt.

Brauche zwei 50-Cent-Stücke, der Süßigkeitenautomat nimmt irgendwie nichts Größeres mehr. Laufe draußen rum, vielleicht kann mir ja jemand wechseln. Treffe eine Frau, die ich hier noch nicht gesehen hatte. Wir kommen ins Gespräch. Sie fragt mich nach meinem religiösen Hintergrund. Wundert sich, dass ein Nichtreligiöser hier mitmachen darf. Erzählt dann davon, dass sie früher auch Edenistin gewesen sei. Ich erwarte eine Geschichte, wie sie vom Glauben abgefallen ist. Aber nein: Sie ist jetzt bei einer evangelikalen Kirche in Berlin untergekommen. Das Problem mit den Edenisten sei ihrer Ansicht nach, dass sie inhaltlich progressiv, aber methodisch konservativ seien. Da würden viele abspringen. Da wo sie jetzt eine neue Heimat gefunden habe, gehe man umgekehrt an die Sache ran. Das würde junge Leute anziehen.

Auswahlsitzung für Stipendien. Wir diskutieren Motivationsschreiben wie dieses von einem Studenten aus Bangladesch:

Als ich jung war, wurde ich von den Missionaren inspiriert, die in unsere Provinz kamen, um die jährliche Evangelisation durchzuführen. Also betete ich zum Herrn, mir eine Mission zu geben, die nicht nur darin besteht, den Menschen im Feld zu dienen, sondern auch darin, dass Gott meine Perspektive im Dienst für Ihn verändert, damit ich geistlich mehr wachsen kann. Ich bewarb mich für eine Stelle als Missionar und betete, dass Er mich nach Afrika schicken würde. Zu meiner Überraschung verkündete man mir, dass man mich nach Tansania schicken werde. Deswegen bewerbe ich mich für den Studiengang Internationale Beziehungen an der Edenistischen Universität Edenred.

Die Universitätsleitung lädt alle ein, Postkarten an die Bewohnerinnen und Bewohner des Altersheims Gnessenow zu schicken. Sie dürften keinen Besuch mehr bekommen. Hole mir eine Karte in der Verwaltung ab. Schreibe Adelheid, dass ich hoffe, der Frühling dufte bis in ihr Zimmer rein und dass ich zum Friedhof gehen werde, um ihren Mann von ihr zu grüßen.

Godgiven ist wieder aus der Quarantäne raus. Ich treffe ihn auf dem Weg zur Mensa. Er habe bis auf Geschmacksverlust überhaupt keine Symptome gehabt. Gestern sei er auch schon wieder einkaufen gegangen in Ziesang. Die Stimmung ihm gegenüber hier im Dorf und auch im Bus sei allerdings offensichtlich feindselig gewesen. Er frage sich, ob man sie jetzt für Corona verantwortlich mache.

Dann erzählt er mir noch, dass er in seiner Quarantäne-Zeit Ornithologe geworden sei. Ich würde mich doch auch so für Tiere interessieren. Vor seinem Fenster sehe er immer einen Papagei, der im Boden rumstochere. Riesig, grün und mit rotem Kopf.

Sitzung des Senats per EdenVision. Ich lerne, wie man ein Hintergrundbild einfügt. Lerne dann auch, dass man so tun kann, als sei die Verbindung gerade zu schwach für die Videoverbindung. Und man sich so während Sitzungen Kaffee machen und endlich mal das Büro aufräumen kann.

Habe im Seminar gefragt, ob die Studierenden seit Corona mehr Diskriminierung erleben. Grundsätzlich sei es gleichgeblieben, nicht schlimmer – nicht besser. Nur hier in Edenred gehe man ihnen offensichtlich aus dem Weg.

Einer erzählt, dass sein Freund und er im Supermarkt in Ziesang von einer älteren Frau per Einkaufswagen weggeschubst worden seien, als sie ihr an der Kasse höflich Platz machen wollten. Andere berichten, dass sie oft nicht wüssten, ob sie diskriminiert würden, weil sie nicht verstehen würden, was die Leute sagten. Allerdings fühle es sich oft nicht gut an.

Dann fragt einer: „Warum bekommen die afrikanischen Studenten eigentlich immer die schlechten Jobs an der Uni? Putzen und Gartenarbeiten." Und Weiße hätten immer eher die besseren Jobs, in der Mensa und in der Bibliothek: „Ich habe noch nie einen weißen Studenten gesehen, der die Klos geputzt hat!"

Spätnachmittägliche Spazierfahrt durch den Wald bis nach Gnessenow. Am Altersheim höre ich Klatschen. Adelheid am Fenster. Sie winkt mir euphorisch zu. Hoffe, sie fällt bei dem Energieüberschuss nicht aus dem Fenster. Tolle Frau. Ich rufe rauf, ob sie meine Karte erhalten habe. Sie klatscht wieder in die Hände und winkt dann weiter nach links. Da ist aber niemand.

Antrag von der IT-Zentrale im WisAu:

Der gestern erfolgte – und erfolgreich abgewehrte – Angriff auf Edenred hatte vornehmlich Smartphones im Visier. Letztlich sind Smartphones nur Computer. Die IT-Zentrale beantragt hiermit, ihr die Administratorenrechte für Smartphones zu übertragen, die das WLAN der Universität Edenred verwenden.

Anzumerken ist, dass die IT-Zentrale grundsätzlich kein Interesse daran hat, Smartphones in ihren Aufgabenbereich zu integrieren. Sie ist froh über jedes Telefon, dass lediglich über Mobile Daten das Internet nutzt.

Dem Antrag wird zugestimmt – trotz meines Einwands, dass es in Edenred keinen Mobilfunkempfang und somit auch keinen Zugriff auf Mobile Daten gebe. Nachmittags wird eine entsprechende E-Mail an alle Universitätsangehörigen versendet.

Andacht im Schatten des Kreuzes heute zu „Sehet die Vögel unter dem Himmel an: Sie säen nicht, sie ernten nicht, sie sammeln nicht in die Scheunen; und euer himmlischer Vater nährt sie doch. Seid ihr denn nicht viel mehr denn sie?"

Auf Theklas Schreibtisch stehen ein Dutzend Plastiktöpfe mit kleinen Pflänzlein drin. Ich frage, was das sei.

„Die hab ich nicht selber gezogen, die hat mir mein Kollege mitgebracht. Von Netto. Zwei Euro für fünf Stück. Das ist unschlagbar für Paprikasetzlinge. Da lohnt sich das selber Vorziehen gar nicht."

Die Andacht muss Thekla über die Maße inspiriert haben. Oder sie hat zu viel Tee getrunken. In jedem Fall ist sie sehr nervös. Hat mich nichts gefragt und ich bilde mir ein, dass sie meinem Blick ausgewichen ist. Wenn ich's recht bedenke, hat sie mich nicht einmal angeschaut. Entweder auf die Pflanzen, aus dem Fenster oder auf ihren Bildschirm geguckt.

KW19

Vor meinem Fenster sehe ich jetzt so einen Vogel, der Godgivens Beschreibung ähnelt. Ich gucke im Internet nach. Es ist ein Grünspecht. Er springt kurz an einen Baum ran, lässt sich aber sofort wieder auf den Boden fallen. Da pickt er dann geschäftig drin rum.

In meinem Postfach liegt die Mai-Ausgabe der Zeitschrift „Edenismus aktuell". Zum Thema Rassismus. Blättere kurz auf. Artikel von u.a. Thekla und Aisha!

Gucke bei Thekla vorbei, aber sie ist nicht im Büro. Nehme mir Tee und ziehe mich damit in mein Büro zurück. Theklas ist der Hauptartikel.

Der derzeit aller Orten zu findende postkoloniale Diskurs macht es sich einfach. Hier die bösen Weißen, dort die guten Schwarzen. ...

Ich selbst habe mehrere Jahre in Kenia an der Universität geforscht und gelehrt. Über Hautfarben hinweg haben sich dort tiefe, bis heute anhaltende Freundschaften entwickelt. ...

Nicht verschweigen darf man den allgegenwärtigen Hass zwischen den Ethnien in Kenia – so wie in anderen Teilen Afrikas. Da sind wir in Deutschland weiter. Natürlich hatten wir auch das Glück, aus unserer Geschichte lernen zu können. ...

So sehr ich jeden Fremdenhass verabscheue, so wenig Verständnis kann ich der Selbstgefälligkeit der Postkolonialen entgegenbringen. Und rufe ihnen hiermit zu: „Wer unter euch ohne Sünde ist, der werfe den ersten Stein" (Johannes-Evangelium 8,7b). ...

In den letzten Jahren beobachte ich, wie der Strick des Sagbaren sich immer fester um uns schnürt – frei nach dem Sprichwort „Wo viel Worte sind, da geht's ohne Sünde nicht ab; wer aber seine Lippen im Zaum hält, ist klug." (Sprüche 10:19). Uns ist aber nun mal das Wort gegeben, um uns zu verständigen, um gemeinsam zu wachsen. ...

Zuweilen scheint es mir, dass die Versuchung allzu groß ist, nur möglichst auf der „richtigen" Seite zu stehen. Geht es aber nicht viel mehr darum, Brücken zu bauen und einander die Hand zu reichen?

Mir ist nicht ganz klar, was Thekla ihren Glaubensbrüdern und -schwestern hier mit auf den Weg geben möchte.

Aisha schreibt:

Es ist an der Zeit, dass die, die seit 500 Jahren von Rassismus profitieren, die Deutungshoheit darüber abgeben, was Rassismus ist und was nicht. ...

Mit jeder Busfahrt oder jedem Einkauf in Ziesang sammelt ein/e Edenreder/in of Color mehr Wissen über Rassismus als ein/e weiße/r Professor/in jemals in Jahren des Bücherstudiums erwerben kann. Und gleichzeitig ist diese Ignoranz und Arroganz ein untrügliches Zeichen für den Rassismus, der auch die sich interkulturell Gebenden umfasst. ...

Psychoanalytisch gesprochen speisen sich sowohl Rassismus als auch dessen Nicht-Anerkennung aus einer grundlegenden Furcht vor der eigenen Bedeutungslosigkeit.

Es hat endlich ein bisschen geregnet. Riecht nochmal ganz anders intensiv jetzt. Abends steh ich im Park und nehme Vogelstimmen auf. Hätte gerne eine Vogelstimmen-App, aber kann mir ohne das Okay der IT-Zentrale nichts mehr runterladen.

Sehe Aisha in der Mensa und setze mich zu ihr. Sie knabbert unmotiviert an einem Sellerieschnitzel rum. Nehme mir ein Herz und frage sie, wie denn die Stimmung zwischen ihr und Thekla sei. Ich würde mich das fragen, weil ich die beiden Texte aus „Edenismus aktuell" gelesen hätte. Die hätten ja unterschiedlicher nicht sein können. Aisha meint, dass das nicht entscheidend gewesen sei. Das habe das Fass nur zum Überlaufen gebracht. Ihre Zeit sei eh gekommen. Lange halte sie das nicht mehr aus mit „The Claw".

Auf einmal sprudelt es aus Aisha heraus – aber flüsternd, denn um uns herum sind einige Tische belegt. Sie habe sich einmal Thekla anvertraut. Da habe sie sich in einer Beziehungskrise befunden. Der Umzug nach Deutschland sei ihre Idee gewesen und ihr Mann habe sich hier überhaupt nicht wohl gefühlt. Thekla habe ihr damals wohl angesehen, dass nicht alles in Ordnung gewesen sei. Und habe ihr angeboten, ihr Herz auszuschütten. Da habe sie dann den Fehler gemacht, Thekla nicht nur von den Problemen mit ihrem Mann zu erzählen, sondern auch davon, dass sie nicht nur Trübsal blase, sondern bei einem Straßenfest in Berlin gewesen sei und sich ganz schön habe zulaufen lassen.

Thekla habe ihr im Nachgang dazu zu verstehen gegeben, dass sie maßlos enttäuscht sei und von ihr eine Entschuldigung erwarte. Nicht bei ihr, Thekla, sie fühle sich lediglich als Mittlerin, sondern vor Gott, repräsentiert durch die Edenistische Gemeinde Edenred. Thekla habe sogar in Erwägung gezogen, Aisha regelmäßig und unangekündigt Alkoholtests zu unterziehen.

Und ob ich wüsste, dass Thekla mal tatsächlich totalen Aufruhr gemacht habe, als sie im Papiermüll des Studentenwohnheims massenhaft leere Familien-Packungen Corny Erdbeer-Joghurt gefunden habe. Da habe sie verlangt, dass nachts die Türen vom Frauen- in den Männertrakt verschlossen werden.

Mittagessen in der Mensa unter Corona-Bedingungen. Thekla stochert in ihrem Essen herum. Irgendwann rückt sie raus mit der Sprache: Der andere Wellensittich ihres Sohnes sei seit dem Wochenende verschwunden. Godgiven setzt sich zu uns. Aisha lässt sich nicht blicken.

Nach dem Essen sollen wir Teller und Besteck liegen lassen, um sichtbar zu machen, welche Tische benutzt wurden und entsprechend desinfiziert werden müssen. Godgiven bemerkt, dass ihn das an zu Hause erinnere. Dort habe er eine Hausangestellte. Bzw., wenn er es recht bedenke, sogar zwei. Junge Verwandte vom Dorf, die für Kost und Logis arbeiten.

Aisha gratuliert mir beim Treffen auf dem Gang zum 75. Jahrestag der Befreiung. Ich weiß erst nicht, wovon sie spricht. Aber dann rechne ich zurück und kapiere, was sie meint. Ich will danke sagen, aber da ist sie schon weg.

Im Posteingang eine Nachricht an alle Universitätsangehörigen:

Neuigkeiten zum Pandemiegeschehen: Ab heute darf der Spielplatz auf dem Gelände der Universität wieder genutzt werden.

KW20

Muss einen Text für die Seminarvorbereitung lesen, bin aber zu unruhig und unkonzentriert. Langer Spaziergang in Richtung Resing, das Nachbardorf in der entgegengesetzten Richtung von Elstal. Versuche zu lernen, im Gehen zu lesen. Dann doch weg vom Hauptweg und Richtung Else. Finde den Flusslauf durch hohes Gestrüpp. Lila Fingerhüte und wunderschöne Libellen.

Lese auf einem Baumstamm den Seminartext zu imperialen Bestrebungen von Türkei und Russland in Afrika. Muss dabei zwei Zecken von meinem Bein schnipsen, die nach Einstiegsstellen suchen.

Die dritte Zecke entdecke ich später abends beim Lesen von Godgivens Zusammenfassung eines Textes, der sich mit den Auswirkungen von Strukturanpassungsmaßnahmen auf die Gesundheitssituation in Lateinamerika beschäftigt. Sie hat sich in meine Kniescheibe gedreht. Die Zecke versucht wegzukrabbeln, als ich sie mit der Zeckenkarte aus meinem Knie ziehe. Fange sie mit einem Stück Papier wieder ein und spüle sie das Klo runter.

Liege in meinem Zimmer und überhöre ein Gespräch von zwei Männern, die vor dem Fenster im Park vorbeilaufen:

„Nee, nee, nee, also, nee! Das lassen wir auf jeden Fall drin. Negersklave, der bleibt, das lassen wir drin. Jetzt haben wir schon dieses ganze Genderzeug. Nee, also, doch, das lässt du schön drin."

Keine Ahnung, wer das war, erkenne die Stimmen nicht. Ich habe zwar alle Kollegen schon mal gesehen, aber mit einigen habe ich so gut wie nichts zu tun.

WisAu mit Maske, offenen Fenstern und 1,5 Meter Abstand. Der Verwaltungsleiter kommt entsprechend schnell zur Sache und teilt uns mit, dass es natürlich schmerzhaft sei, es aber wohl zunächst keine andere Möglichkeit gebe, Edenreds IT zu schützen. Die IT-Zentrale habe heute Morgen auf allen Endgeräten, auf die sie Zugriff habe, den Internetzugang abstellen müssen. Es sei in der Nacht zu massiven Angriffen gekommen. Bis auf Weiteres müsse man sich mit dem kurzfristig zur Verfügung gestellten Intranet begnügen.

Essen geht jetzt für die Studierenden nur noch in der Mensa, weil die Nutzung der Gemeinschaftsküchen in den Studentenwohnheimen wegen Corona verboten wurde. An der Tür zur Mensa hängt ein Zettel:

„In dieser schnelllebigen Zeit ist Nahrung umso besser, je weniger anregend sie ist. Scharfe Gewürze sind ihrer Natur nach schädlich. Senf, Pfeffer, andere Würzmittel, Essiggemüse und andere, teilweise auch synthetisch hergestellte Geschmacksverbesserer reizen den Magen und vergiften das Blut."

Der Hase hat sich bei meinem Spaziergang kurz blicken lassen. Der Mann mit dem einen Bein auch. Er sprach mich diesmal sogar an. Ob ich Sport mache. Dafür sei es doch viel zu heiß.

KW21

Eine weitere Studentin hat unabgesprochen einen Praktikumsbericht geschickt.

Praktikumsbericht Altersheim

Motivation für Praktikum & Vorgehen bei der Praktikumssuche

Ich hatte zu Beginn meines Praktikums bereits seit einem Jahr einen Minijob in dem Altersheim in Gnessenow. Anfangs war meine primäre Motivation, Geld zu verdienen, denn ich hatte wegen des Studiums hohe Schulden. Meine Entscheidung für ein Praktikum im Altersheim „Zur vorletzten Ruhe" hat dann aber auch Dimensionen angenommen, die ich als Karriereoption bezeichnen würde.

Unternehmensporträt

Das Altersheim ist ein wichtiger Arbeitgeber im Landkreis. Es besteht seit über 60 Jahren, wobei die Infrastruktur vor 15 Jahren komplett überholt wurde. Zurzeit leben dort 150 Menschen in Einzel- und Doppelzimmern. Das Personal rekrutiert sich aus Deutschen aus der Umgebung (v.a. auf der Leitungsebene in Verwaltung, Pflege und Küche), über eine Agentur verpflichtete polnische Krankenschwestern sowie andere Ausländerinnen, vor allem Studentinnen von der Universität Edenred (Waschen, Pflege, Küche, Garten).

Praktikumsstelle und Aufgaben

Morgens um 6 Uhr habe ich die Bewohner und Bewohnerinnen auf meinem Flur geweckt, gewaschen und Frühstück gebracht bzw. gefüttert. Dann fing meistens irgendein Programm an (z.B. gemeinsames Singen), so dass der Weg für mich frei war, die Zimmer zu reinigen. Wenn ich damit fertig war, wurde ich in die Küche beordert, um bei der Zubereitung des Mittagessens zu helfen. Dort hatte ich dann auch Kontakt zu Kolleginnen und wir konnten uns über die Arbeit austauschen. Nachdem ich den schwächlicheren Klienten auf ihren Zimmern das Mittagessen verabreicht hatte, war mein Arbeitstag auch schon wieder vorbei.

Bewertung des Praktikums: Lernerfahrungen und Herausforderungen

Anfangs hatte ich an der Tätigkeit im Altersheim wie gesagt kein größeres Interesse. Mittlerweile macht es mir allerdings großen Spaß und ich habe mit Erstaunen feststellen müssen, dass ich die Bewohner des Heimes nach meinen zwei freien Tagen vermisse. Ich kann sagen, dass ich meine ersten Freundschaften mit Deutschen geschlossen habe.

Zu den Herausforderungen gehört, um ehrlich zu sein, der Geruch der alten Menschen. Ich war jeden Morgen mit Urin und Kot konfrontiert. Auch fiel es mir alles andere als leicht, die Männer intim zu waschen. Ich weiß nicht, ob ich das in einem Praktikumsbericht schreiben sollte, aber zur Wahrheit über meine Arbeit im Altersheim gehört auch, dass ich mich am Anfang so vor dem Geruch und den Exkrementen geekelt habe, dass ich mich nach der Arbeit übergeben musste. Ich habe die erste Woche auch so gut wie keine Nahrung zu mir nehmen können.

Fazit

In den Gesprächen mit meinen Kolleginnen bei der Zubereitung des Mittagessens ist mir geraten worden, entweder einen Mann zu finden oder aber zu versuchen eine Ausbildung in der Altenpflege zu machen. Andere Möglichkeiten, nach meinem Studium in Deutschland zu bleiben, gebe es zwar, die seien aber nicht sehr wahrscheinlich. Da die Situation in meinem Heimatland schwierig ist, werde ich versuchen, so schnell wie möglich Deutsch zu lernen (meine alten Freunde im Heim helfen mir da sehr), um möglicherweise vom Management von „Zur vorletzten Ruhe" übernommen zu werden. Ich weiß, dass ich mit einem Abschluss in Internationalen Beziehungen eigentlich für andere Arbeit bestimmt bin, aber ich vertraue Gott auf meinem Weg.

In meiner Heimat sind die Großeltern auch im Alter noch Teil der Familie. Aber es verändert sich auch, weil viele junge Menschen vom Land in die Stadt ziehen und ihre Eltern zurücklassen. Hier habe ich gesehen, dass es im Altersheim zwar sehr gute medizinische und auch soziale Versorgung gibt, aber dass das die Familie nicht ersetzen kann. Jeden Tag haben mir die Bewohner und besonders Bewohnerinnen von ihren Kindern erzählt und mich gefragt, warum die denn nie zu Besuch bzw. wann sie denn kämen. Es war für mich nicht schön, Menschen mit so viel Lebenserfahrung wie kleine Kinder weinen zu sehen und trösten zu müssen.

Setze mich zu Aisha an den Mensa-Mittagstisch. Frage, wo Thekla bleibe. Aisha fragt mich, ob ich eigentlich überhaupt nichts mitbekomme. Ich sei doch sonst so eng mit Thekla. Gebe zu, dass ich sehr wenig über Thekla wisse. Auch wenn wir uns oft unterhalten hätten. Aber es sei doch eher an der Oberfläche geblieben.

Aisha erzählt, dass Thekla seit dem Artikel in „Edenismus aktuell" nicht mehr wirklich mit ihr spreche. Auch habe sie Aisha seit der Corona-Infektion von Godgiven nicht mehr persönlich treffen und nur per Telefon und Internet – bzw. Intranet – kommunizieren wollen.

Vormittags bekomme ich eine E-Mail von Godgiven, dass er krank sei: „Ich kann derzeit weder pinkeln noch das andere."

Einige Minuten später klopft es an meine Bürotür. Godgiven tritt ein, mit ernstem Gesicht. Er wolle mir erklären, warum er nicht im Unterricht gewesen sei. Ich sage, dass ich seine E-Mail schon gelesen habe.

Er wolle es mir aber gerne nochmal persönlich übermitteln. Ich biete ihm einen Sitzplatz an.

„Ich kann nicht gut sitzen. Das hatte ich noch nie. Mein Urin hat seine Farbe verändert. Und ich hatte richtig Blut im Stuhl. Ich habe vielleicht Nierensteine. Gestern hatte ich Schmerzen, die wünsche ich niemandem."

Fühle mit Godgiven; gleichzeitig ist es mir viel zu real und ich frage mich: „really?". So hatte ich mir die in der Stellenausschreibung versprochene enge Beziehung zwischen Lehrenden und Studierenden nicht vorgestellt.

Nachmittags zwei Dörfer weiter an einen See. Eine Empfehlung von tripadvisor.

Sieht eher wie ein Kanal aus, der Strand hat Autobahnraststättenflair. Auf der anderen Seite des Kanals besprüht ein Traktor die Felder. Lachmöwen stürzen sich in das brackige Wasser. Ein Papa versucht seine beiden Kinder dazu zu bringen, endlich nach Hause zu gehen. Aber die wollen partout ihre „Schlüpper" nicht anziehen.

Ich überwinde mich zum ersten Bad des Jahres, schwimme den Kanal rechts entlang Richtung Dorf. Nach hundert Metern oder so kommen Backsteinhäuser und der Kirchturm in den Blick. Ich drehe um, die Wasserpflanzen nerven, kratzen an Bauch und Beinen. Als ich den Strand wiedersehen kann, stehen zwei fleischige, tätowierte Typen mit Hunden in der Nähe meiner Klamotten. Ich denke dran, dass ich meine halbdurchsichtigen Olifanten-Boxershorts anhabe. Ein Hund hebt sein Bein an meiner Wasserflasche.

Auf dem Rückweg gucke ich nach Essmöglichkeiten. „Solo-Food" in Ziesang hat gute Bewertungen, 4,2 Sterne, „Döner – Pizza – Pasta – Auflauf – Pakistanisch – Indische Küche". Heute ist „Indisch-Day": Alle indischen Gerichte nur 6 Euro. Ich nehme „Spaghetti Palak" und „Makkaroni Keema". Kann ich ja morgen nochmal aufwärmen.

KW22
Heute Morgen lagen Eierschalen auf meinem Fenstersims. Die Vögel müssen Junge haben. Ich höre aber keinen Pieps.

Donnerstag ist Mitarbeitergrillen. Alle sind eingeladen, was mitzubringen.

Kann mich nicht konzentrieren. Normalerweise hätte ich an solchen Tagen bis mittags schon 6x SpiegelOnline und dazwischen sueddeutsche.de, guardian.co.uk und bbc.com durchgescrollt. Und Zusammenfassungen des letzten Bundesliga-Spieltags geguckt. Wegen Intranet gibt es aber nur die gesammelten Ausgaben von „Edenismus aktuell".

Von wegen fleischarme Ernährung bei den Edenisten. Beim Mitarbeitergrillen – wegen Sturmwarnung von der Parkanlage in die Mensa und auf Elektrogrill verlegt – gab es Geflügelwürstchen, Truthahnbraten, Putenschenkel und Fischbuletten. Nur wer explizit im Alten Testament als unrein und abscheulich erwähnt wurde, konnte von der Grillzange springen.

Ich habe einen Mangosalat mit Chili gemacht. Meine Tischnachbarin lobt ihn als exotisch. Die Tischgespräche liefen auch sonst ganz gut.

Andacht im Schatten des Kreuzes mit dem Motto „Denn er errettet dich vom Strick des Jägers und von der verderblichen Pest". Sie wird über das Intranet gestreamt.

Heißester Tag des Jahres angekündigt, gefühlte 28 Grad. Ich nehme mir frei und fahre in aller Frühe Richtung Ziesang, zum Fahler See. Sehr drückend. Ich musste dann feststellen, dass der gesamte See privatisiert ist. Überall Lauben, Privatwege und „keine Wendemöglichkeiten". Man kommt nur von der Straße über einen Steilhang ins Wasser. Ich werde aber inmitten von Müll und Pisse direkt neben der Straße keine Erholung finden.

Die Betreiberin des angrenzenden Lokals preist ihr Zigeunerschnitzel an. Und erklärt mir, dass Kahler und Fahler See zwar schöner seien, man als Nichteigentümer aber nur über den Tauchverein rankomme. Aber ich könne auf der anderen Seite in den Halber See.

Auch auf dem Weg dahin ist alles von Grundstücken zerhackt. An der Badestelle angekommen, heißt mich ein junger Mann willkommen und merkt an, dass ich nur den Steg nicht verwenden dürfe, weil selbstgebaut und bei Verletzungen könnte ich die Stadt Ziesang verklagen wollen. Ansonsten sei ich aber willkommen ins Wasser zu springen. Auf seiner Schulter prangt ein riesiger Bundesadler.

Immer wieder kommen Leute an die kleine Badestelle. Herrchen und Hund Lotti schwimmen eine ganz kleine Runde. Als seine Frau ankommt, berichtet er stolz von der Runde, die sie bereits geschwommen seien. Sie meint, das Wasserthermometer am Steg müsse ausgetauscht werden, das sei ja komplett „vermuckelt".

Schon nachmittags und noch nichts gegessen. Ich durchforste mal wieder auf Google Maps die Stadt Ziesang. Entscheide mich für das „Volkshaus Ziesang". Es ist das Vereinsheim der SG Concordia Ziesang. Auf der Terrasse nur zwei große Männer, die mir nicht zurückzunicken. Drinnen werde ich vom Barkeeper begrüßt.

Wenn ich nicht zur Trauergesellschaft drinnen gehöre, müsse ich mich in die Corona-Liste eintragen.

KW23

Ich starte meinen Computer und schreibe eine E-Mail an Thekla, dass ich Darjeeling gekauft hätte. Die Nachricht lässt sich nicht senden. Das Intranet scheint nicht zu funktionieren.

Gehe zu Thekla rüber. Sie ist nicht da, aber die Tür ist auf und in der Kanne ist noch Tee. Noch vor meinem ersten Schluck in Theklas Büro geht der Feueralarm los. Ich eile hastig nach draußen und verschütte etwas Tee auf dem Büroteppich.

Alle finden sich auf der großen Wiese beim Feueralarmsammelpunkt ein. Die Universitätsleitung bittet um Aufmerksamkeit. Wir sollen bitte etwas näher zusammenrücken. Bitte deswegen auch Masken auf. Sie teilt mit, dass das Intranet bis auf weiteres nicht mehr gehe. Am Sonntag habe es eine Überschwemmung gegeben. Es werde zwar noch überprüft, wie es dazu habe kommen können; allerdings deute alles darauf hin, dass sich über das Wochenende die Else so aufgestaut habe, dass sie über die Ufer getreten sei. Dabei sei der Kellerraum der IT-Zentrale überflutet worden. Der Intranet-Server sei nach Aussage der IT-Zentrale nicht mehr zu gebrauchen. Die Universitätsleitung bitte uns – bis das Problem behoben sei – alle universitätsinterne Kommunikation in personam bzw. in Briefform zu führen.

Als alle in verschiedene Richtungen den Platz verlassen, erinnere ich mich an die Tasse in meiner Hand. Nur nicht an die Maske, als ich einen Schluck nehmen will.

Thekla erzählt mir, dass in der Sitzung der Universitätsleitung heute Morgen verkündet wurde, dass die IT-Zentrale mit sofortiger Wirkung gekündigt habe. Den Ausschlag habe wohl das Gerücht gemacht, dass die diensthabenden Studierenden der Freiwilligen Feuerwehr von der Überflutung unterrichtet gewesen seien, aber weder tätig geworden seien noch die IT-Zentrale informiert hätten.

Ich finde einen Brief in meinem Postfach. Die scheidende IT-Zentrale wird im Namen der Universität verabschiedet. „Gott befohlen und herzliche Grüße." Man habe „eure Hilfsbereitschaft und eure freundliche Art sehr geschätzt".

Ein unbeschrifteter Umschlag in meinem Postfach. Darin eine handschriftliche Notiz:

Sehr geehrte Damen und Herren,

auch wenn es nicht mehr in unseren Aufgabenbereich fällt, Edenred zu sichern: Überlegen Sie sich auch bei jedem Brief, ob er wirklich aus seriöser Quelle kommt. Ein einziger fahrlässig geöffneter Brief kann reichen, um ganz Edenred lahm zu legen.

Angreifer lassen sich erfahrungsgemäß weder von Hilfsbereitschaft noch freundlicher Art abschrecken.

MFG

IT-Zentrale a.D.

KW24

Schriftliche Nachricht, dass alle Universitätsangehörigen morgen getestet würden. Ein Unternehmen aus der Region habe sich bereit erklärt, der Universität mit ihren Testkapazitäten zur Seite zu stehen. Wir würden benachrichtigt werden, sobald der Test-LKW angekommen sei. Dann mögen sich alle mit Maske an dem ausgeschilderten Sammelplatz auf dem Parkplatz vor dem Verwaltungsgebäude einfinden.

Ohrenbetäubender Lärm um 7:30 Uhr. Feueralarm. Ich ziehe mir schnell was über und finde auf dem Sammelplatz schon eine ganze Reihe von Leuten vor. Drei Personen in himmelblauen Schutzanzügen führen in drei Reihen lange Stäbchen tief in Nasen ein.

Bekomme einen Zettel mit Infos zum weiteren Vorgehen. Beim Weggehen erblicke ich den Transporter, mit dem das Testpersonal gekommen sein müsste. Groß prangt darauf das Logo von Pörksen, ein lachendes Schwein, das vor einem Hackebeil wegläuft.

In meinem Apartment lese ich mir den Infozettel durch. Ich sei Erstkontakt und habe mich unverzüglich in Quarantäne zu begeben. Des Weiteren möge ich mir die Corona-App herunterladen und die folgende Nummer eingeben, um in Erfahrung zu bringen, ob ich positiv oder negativ getestet sei.

Ich habe das erste Mal seit langem sogar Handyempfang, aber nur GPRS.

Die Linde vor meinem Zimmer brummt durchs offene Fenster. Alles voll mit Bienen und Hummeln.

Hatte immer wieder Ausgaben des Elbster Anzeigers aufgehoben. Falls ich mal nasse Schuhe bekomme und die ausstopfen will. Heute alle gelesen. Relevant für mich, mir aber schon bekannt: Der neue Parkplatz am Netto in Ziesang wurde im April eingeweiht. Ansonsten hat noch die Gemeindeverwaltung Resing im Mai zum „Plogging" aufgerufen. Ein Trend aus Schweden, bei dem während des Joggens Müll gesammelt werde. Und beim Lebensmittel-Einzelhandel Gerd Niebing in Gnessenow kann man neben „Delikatessen" auch „Kolonialwaren" erwerben.

Starte meinen Computer, um mir zum Einschlafen ein paar alte Urlaubsbilder anzugucken. Da erscheint ein WLAN! „Ohwehlan." Leider verschlüsselt.

Habe nicht mehr viel zu essen zuhause. Zerlasse ein Stück Butter im Dosenmais.

Checke mit meinem Handy nach WLANs. Nun taucht neben „Ohwehlan" noch „Schokolade gegen Passwort" auf.

Noch drei Dosen Kidneybohnen – und eine sehr reife Birne.

Jemand hat unter meiner Tür einen Flyer durchgeschoben, mit handschriftlicher Notiz „zur Kenntnis". Die Andacht finde heute nicht nur im Schatten des Kreuzes, sondern auch unter freiem Himmel statt, am üblichen Sammelplatz. Das Thema laute: „Ein Kluger sieht das Unglück kommen und verbirgt sich; aber die Unverständigen laufen weiter und müssen büßen."

KW25

Sehe Godgiven draußen vorbeigehen. Reiße das Fenster auf und rufe ihn zu mir. Was es mit den WLANs auf sich habe? Ob er irgendwas wüsste. Godgiven berichtet, dass die Studierenden sich sofort nach dem Rückzug der IT-Zentrale besprochen und unverzüglich Router gekauft hätten. Ich bitte ihn eindringlich, mir ein Passwort zu organisieren.

Godgiven muss mir nachts das Passwort unter der Tür durchgeschoben haben. Ich habe 1589 neue E-Mails im Posteingang. Mehrere davon mit Docx-Anhängen. Die erste lautet:

Von: edenreddoxx@eu-edenred.de
An: Marko Tremmler
Betreff: EDENREDDOXX Spamsucher Quarantäne-Bericht
Neue E-Mails in Quarantäne: 3

Das erste Mal, dass ich Empathie für E-Mails verspüre. Recherchiere, wer in der Umgebung bis nach Edenred liefert. Bestelle mir zweimal die „Rigatoni Döner Broccoli" von dem Imbiss in Ziesang, mit Aufpreis wegen langem Fahrtweg.

Lade mir die Corona-App runter und gebe meine Daten ein. Bin negativ. Aber in Quarantäne bleiben muss ich so oder so.

Godgiven hat mich einer Corona-Survival-WhatsApp-Gruppe hinzugefügt. Die internationalen Studierenden organisieren die Essensversorgung und haben mich mit aufgenommen.

Heute bringt Aisha Essen vorbei. Sie stellt es vor meine Tür, klingelt und zieht sich zurück. Wie der Rigatonilieferant. Ich erwische sie aber über das Fenster. Will mich unterhalten.

Nach dem Ende ihres Jobs bei Thekla habe sie zur Überbrückung kurzfristig im Altersheim in Gnessenow einen Job bekommen, in der Essensausgabe und Küche. Die betagten Damen und Herren seien toll, verwickelten sie immer in Gespräche – auch wenn die sich wiederholen. Einer müsse sie immer alles in deren Kalender schreiben. Frage sie, ob die Adelheid Enzig heiße. Aisha bejaht. Adelheid lese ihr immer aus dem Buch vor: am 13. Juni war Aisha bei mir; am 14. Juni war Aisha bei mir; am 15. Juni war Aisha bei mir; ...

In der Küche im Altersheim sei es auch ok. Beim Kartoffelschälen sei immer Zeit zu quatschen. Die anderen Internationalen, die da arbeiten, versuchten sie zu überzeugen, sich einen Deutschen zu angeln. Nur so könne man sicher hierbleiben. Das komme aber für sie nicht infrage, sie sei ja schon verheiratet.

Ich frage sie, ob sie wisse, was mit Godgiven sei. Ich sähe ihn zwar auf dem Campus, aber könne mich nicht erinnern, wann er das letzte Mal im Unterricht erschienen sei. Aisha meint, dass Godgiven seit ein paar Monaten neben seiner Lohnarbeit wie ein Weltmeister Deutsch lerne. Wenn er im Sommer A2 schaffe, könne er im Krankenhaus in Ziesang eine Ausbildung als Krankenpfleger anfangen.

Gestern Nacht bin ich heimlich raus und kurz über das Gelände. Bei Thekla brannte noch Licht im Wohnzimmer. Und man konnte ganz leise Musik durch die Fenster hören. Vielleicht Jazz, oder Blues. Ich hab mich kurz an den Baum vor ihrem Haus gelehnt und muss die Zeit vergessen haben. Bin aufgeschreckt, als Theklas Mann auf einmal direkt am Fenster stand. Er hat mich aber nicht gesehen, glaub ich.

KW26

Aisha bringt Reis mit Hühnchen vorbei. Am Fenster teilt sie mir mit, dass morgen ihr letzter Tag in Edenred sei. Sie ziehe nach Berlin. Ihr Mann habe nun endlich sein Studium anerkannt bekommen. Er mache ab 1. Juli einen Aufbaukurs in Berlin und könne danach praktizieren. Thekla habe sich da total dahintergeklemmt. Über Thekla hätten sie auch eine kleine Wohnung in Reinickendorf gefunden.

Sie selbst habe sich bei Amazon in Brieselang beworben und sei genommen worden. Nur die Arbeitszeiten seien ungünstig, von mittags bis Mitternacht, so dass sie wohl immer erst um zwei Uhr morgens nach Hause kommen werde.

Bekomme einen Brief unter der Tür durchgeschoben. Thekla möchte mich über die heutige Andacht informieren: „Wie ein Baum in der Erde, so sollt ihr in Christus fest verwurzelt bleiben, und nur er soll das Fundament eures Lebens sein." (Kolosser 2,7 HfA). Sie würde sich freuen, mir mal im Schatten des Kreuzes zu begegnen, jetzt da ich die Corona-Prüfung hoffentlich hinter mich gebracht habe.

KW27

Bin raus aus der Quarantäne und die Mensa hat wieder auf. Aber erst mal nur für Frühstück. Es gibt Corny Schoko.

Auf meinem Rückweg halte ich vor meinem Apartment. Ich kann beim besten Willen nicht raushören, ob das Brummen von den Insekten in der Linde oder der A9 herrührt.

Aisha schickt mir eine WhatsApp-Nachricht. Sie sei gut in Berlin angekommen, und ob ich von Theklas Unfall gehört hätte. Thekla sei beim Joggen gestürzt und habe sich einen komplizierten Knöchelbruch zugezogen. Aisha bittet mich, in ihrem Namen und dem ihres Mannes Thekla einen Blumenstrauß plus Karte mit Genesungswünschen zukommen zu lassen.

Nach meiner Shoppingtour in Ziesang gehe ich direkt zu Thekla. Ihr Sohn macht auf. Thekla sei gerade eingeschlafen. Ich frage, was denn genau passiert sei. Er erzählt, dass Thekla seit der Überschwemmung des IT-Kellers davon gesprochen habe, dass der Biber vielleicht wirklich zurück sei. Anders könne sie sich die völlig gesund wirkenden Bäume, die entweder in der Else oder auf dem Uferweg herumlägen, nicht erklären. Bei ihrer gestrigen Morgenrunde habe sie sich dann wohl überschätzt. Sie sei beim Überspringen eines Baumstamms hängen geblieben und unglücklich gestürzt. Morgen früh werde sie operiert.

„Andacht im Schatten des Kreuzes" zum Thema „Denn wir haben hier kein bleibendes Dorf, sondern das zukünftige suchen wir". Ich schalte das erste Mal ein. Die Veranstaltung findet über Zoom statt. Die Unileitung muss sich auch Router organisiert haben und ist geschlossen dabei. Sie wünscht Thekla, die aus ihrem Krankenhausbett in Ziesang zugeschaltet ist, gute Genesung.

Um kurz vor 10 muss ich mich ausklinken, habe ein Bewerbungsgespräch. Mir bleiben ja nur noch knapp drei Monate. Vor meinem Fenster schiebt Adelheid mit strahlendem Gesicht den einbeinigen Mann in seinem Rollstuhl vorbei.

Es ist 10:07, ich bin immer noch im Zoom-Warteraum.

Impressum

© Daniel Bendix, Berlin 2024
© KLAK Verlag, Berlin 2024
Alle Rechte vorbehalten

Umschlag: Jolanta Johnsson mit einer Grafik von ©Luisa Doria
Satz/Layout: Jolanta Johnsson

Druck: BookPress, Olsztyn

ISBN 978-3-948156-92-3